모범 경작생

길서는 면장의 말에 무엇이라고 대답할 수가 없었다. 만약
그에게 조금이라도 재미없는 말을 해서 비위에 거슬리게
하면, 자기도 끼니때를 굶고 지내는 동네 소작인들이나 다
름이 없는 생활을 해야 할 것을 잘 알고 있다. 일본은 둘째
로 하고라도 묘목도 못 팔아먹을 것이며, 그런 말이 보통학
교 교장 귀에 들어가면 돈도 빌려다 쓸 수 없게 된다.

베스트셀러 한국문학선 21

모범 경작생

펴낸날 ㅣ 2005년 7월 10일 초판 1쇄
2012년 1월 30일 초판 5쇄

지은이 ㅣ 박영준
펴낸이 ㅣ 이태권
펴낸곳 ㅣ (주)태일소담
서울시 성북구 성북동 178-2 (우)136-020
전화 ㅣ 745-8566~7 팩스 ㅣ 747-3238
e-mail ㅣ sodam@dreamsodam.co.kr
등록번호 ㅣ 제2-42호(1979년 11월 14일)
홈페이지 ㅣ www.dreamsodam.co.kr

ISBN 89-7381-849-X 03810

베스트셀러한국문학선 21

모범 경작생

소담출판사

책을 펴내며

문학작품이란 한 시대의 삶의 모습이자 당대인의 정신 기록이다. 가장 대표적인 것이 산문과 서사장르라 할 수 있는 바, 이번에 새로운 기획과 편집으로 엮은 〈베스트셀러 한국문학선〉은 오늘의 우리가 읽어야 할 한국의 주요 작품들을 골라 한데 모아 본 것이다.

〈베스트셀러 한국문학선〉은 그 분량이나 작품 수준에서나 한국 소설의 어제와 오늘을 함께 아우르고 내일의 우리 소설이 가야 할 길을 모색해 보는 뜻깊은 여행이 될 것이다. 또한 이 전집은 지난 한 세기 동안의 우리 소설의 아름다움은 물론 그 사회적 의미를 함께 생각하게 하는, 이른바 읽는 재미와 생각할 수 있는 기회를 함께 제공하는 진정한 독서 체험이 될 것이다.

이 전집에는 개화기에서 현대에 이르기까지의 다양한 주제와 형태의 작품들이 수록되어 있으며, 작품의 문학적 · 시대적 가치는 물론 새로이 읽혀져야 할 작품들의 소개에도 또한 유의하였다. 〈베스트셀러 한국문학선〉이 우리 독자들에게 사고력을 키워주고 정서를 풍부하게 해 줄 뿐만 아니라 우리가 살고 있는 사회, 우리가 참여하지 않으면 안 될 역사에 대한 새로운 자질과 안목을 갖추는 데 유익한 길잡이가 되기를 바란다.

서 종 택

차례

모범 경작생

"애에, 나 한 마디 하마."

"애에 애, 기억基憶이보구 한 마디 하래라. 아까부터 하겠다구 그러던데……."

"기억이 성내겠다. 자아, 한 마디 해 보게."

한참 소리를 하는데 이런 말이 나와 일하던 손들이 쥐었던 벼 포기를 놓았고, 모든 눈이 기억의 얼굴로 모이었다.

목청이 남보다 곱지 못하다고 해서 한 차례도 소리를 시키지 않은 것이 화가 났던지 기억이는 권하는 기회를 놓치지 않고 있는 목소리를 빼어 소리를 꺼냈다.

온갖 물은 흘러나려두
오장 썩은 물 솟아만 오른다.

같은 논에서 일하던 사람들은 기억의 미나리곡에 합세하여 다시 노래를 주고받고 하였다.

깔기죽 깔기죽 깔보디 말구
속을 두르러 말해 주렴

소리를 하면 흥거워져서 저도 모르는 사이에 일이 빨리 되어 가매,
일터에서는 웃는 소리가 아니면 노래가 그치지 않는다.

모시나 전대에 베 전대에
전에나 전대루 놀아나 보자

성두成斗의 논에서 일하던 사람들은 누구 하나 빼논 사람 없이 단 한
번씩이라도 목청을 뽑고 소리를 불렀다.

물소리를 출렁출렁 내며 한 옴큼씩 쥔 볏모를 몇 뿌리씩 떼어 꽂는
그들은 서로 뒤떨어지지 않으려고 입으로 소리를 하면서도 손을 재빠
르게 놀리었다.

그러나 열네 살밖에 안 되는 성두의 동생은 떨어지는 솜씨에 소리를
한 마디하고 나면 가뜩이나 한 발씩 뒤떨어졌다.

"얘에, 너는 소릴 그만두고 모나 잘 꽂아라. 잘못하면 너 때문에 일
을 못 맞출라."

성두가 그의 동생 몫을 꽂아 주며 하는 말이다.

"얘들아, 이번에는 수심가나 한 마디 하자꾸나. 아마 수심가는 성두
가 가장 나을걸."

다같이 젊은 사람들만이 모여 일하는 곳이라 그런지 어떤 이가 이렇

게 따라 말했다.

"아암, 수심가야 성두지."

"나야 받기나 하지……. 누가 먼저 꺼내 봐."

"공연히 그러지 말고 빨리 해."

성두는 처음엔 사양하려 했으나 두 번 권하는 데는 댓자 소리를 꺼
냈다.

그럴 때 마침 옆의 논에서 자동차 온다는 고함 소리가 들려 왔다. 그
논에서 일하던 이들이 휘었던 허리를 펴고 달려오는 자동차를 보고 있
었다.

"저 차에 길서吉徐가 온대지."

"그러더군……."

이런 말이 나자, 성두 동생은 논에서 밭을 건너 신작로로 뛰어갔다.
옆의 논에서도 몇 사람이 자동차가 머무르는 큰 돌이 놓여 있는 길가
에 모여 서서 수군거리었다.

"팔자 좋다. 어떤 놈은 땀을 흘리며 종일 일만 하는데, 어떤 놈은 자
동차만 슬슬 굴리누나."

기억이가 자동차 온다는 말에 길서를 생각하며 이렇게 말했다. 그러
면서도 길서가 부러운 듯 자동차에서 눈을 떼지 않았다. 자동차는 여
름 먼지를 뿌옇게 휘날리면서 동네 앞까지 왔으나, 기다리던 사람들
앞에서 머물지를 않고 그냥 달아나 버렸다. 동네 서쪽 조그만 산을 돌
아 가물가물 사라질 때까지 모여 섰던 사람들은 다시 수군거리며 제각
기 일터로 돌아갔다. 성두 동생이 돌아왔을 때 일꾼들은 남의 일이 아

니면 자기들도 신작로까지 나가 보고야 말았으리라고 수군거리며 다시 모를 꽂기 시작했다.

"오늘 온댔으니 꼭 올 텐데……."

성두가 못단을 왼손에 쥐며 말했다.

"글쎄…… 꼭 올 텐데…… 요새 모를 못 내면 금년에는 상을 못 탈 것 아냐."

기울어지는 햇살을 쳐다보며 진도 애비가 말했다.

"너 원통할 게 무어 있니? 길서가 상을 탄대두 너는 '마꼬' 한 개 못 얻어먹어, 이 자식아!"

기억이가 툭 쏘았다.

"그래도 올랴고 한 날에는 올 텐데……."

은근히 기다리던 성두가 다시 말했다.

길서는 그 마을에서 가장 칭찬을 받는 사람이다. 물론 사촌형뻘이 되면서도 기억이 같은 몇 사람은 길서를 시기하고 속으로는 미워하기까지 했으나, 동네 전체로 보아 소학교 졸업을 혼자 했고, 군청과 면사무소에 혼자서 출입하고, 공부를 많이 한 사람에게도 지지 않으리만큼 동네 사람들을 가르치며 지도했다. 나이 젊은 사람으로 일을 부지런히 해서 돈도 해마다 벌며 저축을 하여 마을의 진흥회니 조기회니, 회마다 회장을 도맡고 있는 관계로 무식하고 착한 농부들은 길서를 잘난 위인이라고 생각하지 않을 수가 없었다.

더욱이 서울서 모이는 농사 강습회에 군에서 보내는 세 사람 중에 한 사람으로 한 주일 전에 그리로 떠난 뒤로 길서를 칭찬하는 소리는 더 커졌다. 평양 구경도 못한 마을 사람들이 서울까지 가서 별한 구경을 다하고 돌아올 그에게서 서울 이야기를 들을 생각을 하니, 그의 돌아옴이 기다려지는 것도 할 수 없는 일이었다.

점심을 먹은 뒤, 한 번도 쉬지 못한 성두의 논에서 일하던 사람들은 논두렁으로 올라가 담배를 피우기로 했다. 다른 동네에서는 점심 뒤 한 번 쉬는 참에는 새참을 먹는 것이었으나, 이들은 몇 해 전부터 그런 것을 잊어버렸다. 그래서 밥은 못 먹어도 그저 몸이나 쉬는 것이었다.

길서네만 내놓고는 전부가 소작으로 사는 그들이 여름철에는 보리밥도 마음대로 먹을 수가 없는 터에 새참쯤은 물론 생각도 못했다.

"나두 돈이 있으면 죽기 전에 서울 구경이나 한 번 해 봤으면 좋겠다."

진도 애비가 드러누워 풍뎅이로 얼굴을 가리며 말했다.

"나는 평양이라두 구경해 보구 죽었으문 좋갔다."

신문지 조각으로 희연을 말아 침으로 붙이던 성두가 웃었다.

"하늘에서 돈이나 좀 떨어지지 않나……."

풀 위에 엎드려 풀을 손으로 뜯던 기억의 말이다.

여름 하늘은 구름 한 점 없이 말갛고, 곡식의 싹이 돋은 들판은 물들인 것같이 파랗다.

"그런데 금년엔 나두 길서네처럼 금비를 사다가 한번 논에 뿌려 봤으면……. 길서는 밭에다 조합 비료래나…… 암모니아를 친대. 그것을 한 번 해 보았으문 좋겠는데……."

하고 성두가 말할 때 진도 애비는 벌떡 일어나 앉았다.

"말 말게. 골메(동네 이름)서는 누가 돈을 빚내다가 그것을 했다는데, 본전도 못 빼구 빚만 남았다네."

"그럼! 윗동네 니특이네두 녹았대드라. 설사 잘 된다 한들 우리가 많이 먹을 듯하나? 소작료가 올라가면 그뿐이야."

기억이가 성난 것처럼 말했다.

"얼마 전에 지주한테 가니까 니특이 칭찬을 하며, 우리가 금비 안 쓴다는 말을 하던데……."

"글쎄 말이야. 금비라는 게 또 못살게 하는 거거든. 그것은 어떤 놈이 만들었는지 모르지만, 아마 돈 있는 놈들이 만들었을 게야. 빚 안 내고 농사를 지어도 굶을 지경인데, 빚까지 내래니 살 수 있나?"

기억이가 큰소리를 할 때, 진도 애비는 무엇을 생각하고 있다가 말을 꺼내었다.

"길서야 돈 있고 제 땅이 있으니 무슨 짓인들 못하리. 또 변利子 없이 얼마든지 보통학교에서 돈을 갖다 쓸 수도 있으니까……."

"나두 보통학교나 다녔으면 모범 경작생이나 되어 돈을 가져다 그런 것을 한 번 해 보았으문 좋을 텐데……. 보통학교란 물도 못 먹었으니……."

성두가 절반이나 거의 꽂힌 모를 둘러보며 말했다. 그들은 그런 의미에서도 길서를 부러워했다. 물론 제 땅이 얼마만큼 있어야 모범생이라도 될 것이나, 보통학교도 다니지 못한 형편에 그런 꿈은 꿀 수도 없고, 따라서 길서처럼 서울 구경을 공짜로 할 생각을 못해 보는 것이 억울했다.

"내일은 우리 조밭 세벌김 매러들 오게."

기억이가 일어서서 기지개를 켜며 말했다.

"나는 내일 장에 가서 돼지 금새를 보구 와야겠네. 그것을 팔아다 지세도 바치고 오월 단오에 의숙이 댕기도 한 감 끊어다 줘야지."

성두가 이 말을 하고 일어날 때는 앉았던 사람들도 논으로 다시 내려갔다.

성두는 말 없이 모를 꽂고 있었으나 모 이파리에서 곧 벼알이 열리어 익어 주었으면 하고 생각해 보았다. 일 년에 벼를 두 번만이라도 거둘 수 있다면 돼지는 안 팔아도 좋을 것이라 생각되었던 까닭이다.

기나긴 해도 기울어지기 시작하자 어느새 쑥 내려갔다. 서산에 넘어가려는 붉은 해를 돌아보고 기억이가 타령조로 소리를 높이었다.

"어서 꽂구 저녁 먹자……."

다른 사람들도 이 소리를 따라 마지막 춤을 추는 무당처럼 소리를 치며 모를 꽂았다.

어둠이 들을 휩싸고 돌 때 물오리들이 소리치며 떼를 지어 날아갔다.

성두의 논에서 큰 개뚝을 넘어 김매러 갔던 그의 손아래 누이 의숙이는 국숫집 딸 얌전이와 같이 모 꽂는 논두렁을 지나갔다.

"의숙아, 빨리 가서 저녁 지어라. 원, 이제야 가니?"

성두의 남동생이 의숙이를 보며 말했다.

"웅……."

하며 의숙이가 고개를 돌리었을 때, 기억이가 말을 붙이었다.

"길서가 안 와서 맥이 풀리겠구나."

하며 다시 얌전이에게 말을 했다.

"오늘 저녁 너의 집에 갈까?"

의숙이와 얌전이는 똑같이 눈을 떨구고 길을 걸었으나, 의숙이만은 얼굴을 붉히었다.

개뚝에 가리어 자동차를 못 보았으나 그래도 동네에 들어가면 길에 서라도 길서가 자기를 불러 줄 것을 은근히 생각하던 의숙이었다.

먼지 묻은 적삼이 등골에 흐른 땀에 뻘게졌고, 장흙을 뭉갠 듯한 치마가 걸을 때마다 너풀거리었다.

"얘, 길서가 안 왔대지?"

얌전이가 말을 꺼냈다.

"글쎄, 누가 아니……."

"공연히 그러지 마라. 눈물 나오면 울어라. 그런 때 울지 않구 언제 울겠니? 나 같으면 그까짓 거 막 울겠다."

이름만이 얌전이며, 사실은 동네에서 제일 가는 말괄량이로 아직 시집도 가기 전에 서방질까지 했다고 하지만, 의숙이는 그의 말이 그다지 밉지가 않았다.

하루라도 보지 못하면 가슴이 답답한 듯하여 안타까워하던 길서를 한 주일이나 두고 보지를 못하다가 오늘에야 만나려니 했던 마음을 얌전이만이 알아주는 듯하기도 했다.

"얘, 사랑이라는 게 무어니? 함께 살지두 않으면서 사랑을 할 수 있니? 그래두 기억이를……."

무슨 소리나 가릴 줄 모르는 얌전이는 하지 않아도 좋을 말을 하면서도 전에 없던 진정을 보였다.

"누군 사랑이 뭔지 아니?"

"그래두 너는 길서 오래비하구 사랑한대더구나."

"몰라, 애……."

마을은 조용했다. 어슬어슬해 가는 들에서는 낮에 먹은 더위를 식히고 마시었던 먼지를 토하는 듯 벌레들이 목청을 가다듬어 울고 있었다.

의숙이와 얌전이는 집에다가 호미를 두고는 똑같이 우물로 나왔다. 의숙이는 바가지에 물을 떠서 한 손으로 물을 쏟아 얼굴을 씻고, 머리털에 묻은 물방울을 손으로 퉁긴 뒤에, 흙에 빨개진 고무신과 발을 씻고 있었다.

마침 그때 동이를 옆에 끼고 오던 마을 여편네가 길서가 이제야 온다는 것을 알려 주었다.

"얘, 길서 오래비가 온대! 개들이 짖는 데쯤 온 게다."

하며 얌전이가 만나 보기나 한 것처럼 말했다.

개 소리가 커지며 또 가까워 올수록 의숙의 마음은 들먹거리었다.

고무신도 마저 씻지 못하고 물동이를 이고 집으로 돌아갈 때, 그는 혹시 길에서나 만나지 않을까 하여 가슴을 졸이었다. 집에 가서 아무 정신 없이 돼지죽을 바가지에 담아 가지고 돼지우리로 나갈 때는 설마 길서가 자기 옆에 와 있으려니 했으나, 울걱거리는 돼지에게 죽을 쏟아 주고 섭섭히 돌아설 때까지 길서가 자기를 만나러 오지 않음이 원망스러웠다.

그러나 대문으로 돌아 들어가려 할 때 귀에 익은 기침 소리가 의숙의 발을 멈추게 했다. 역시 길서의 소리가 틀림없었다.

의숙이는 작년 여름, 설레는 가슴으로 길서를 대하게 된 뒤부터 동네에서도 거의 알게끔 사이가 친했건만, 아직까지 어른들에게는 눈을 숨기고 있는 사이라 마당 옆 낟가리 밑에 숨어 길서를 만났다.

"잘 있었니?"

"네……."

"자동차를 타구 올래다가 몇 시간 걸으면 칠십오 전이나 굳는 걸 공연히 타구 오겠든. 빨리 너를 만나구 싶기는 했지만……."

의숙이는 아무 대답도 못했다. 울렁거리는 가슴은 그저 널뛰듯 뛰었고, 고개를 들고 있을 수 없게 늘어지기만 했다.

매일같이 만날 때는 어느 틈에라도 웃어 보이었고 말을 한 마디만 해도 기쁜 생각이 드솟았건만, 며칠 떠났다가 만났음인지 공연히 가슴만 떨리었다.

그날 밤, 동네 사람들은 서울 이야기를 들으려고 길서네 마당으로 몰려들었다. 소 먹이러 갔던 어린애들은 밥술을 놓기 전에 뛰어와서 멍석을 차지하고 앉았다. 마당에는 빨랫줄에 남포등이 걸리어 금세 꺼질 것처럼 바람에 홀떡거렸다.

윷군에게 남포등을 내다 건 것이 길서네로서도 처음인 만큼 마을 사람들도 보통 때의 윷과는 달리 말들을 적게 했다.

불빛이 희미하게 비치는 한편 옆에 앉은 부인네들도 각기 길서에게 잘 다녀왔느냐는 인사를 했다.

"오래비 잘 다녀왔소?"

특별히 크게 하는 얌전이의 인사는 웅크리고 앉았던 의숙의 고개를 더 숙이게 했다.

"그래 서울 동네가 얼마나 크던가?"

길서 앞에 앉았던 수염 기른 늙은이가 웃으며 물었다.

"서울에는 우리 동네 터보다 더 넓은 자리를 잡고 있는 집이 수 없습니다. 총독부 같은 집에는 수만 명이 살겠던데요."

길서는 서울서 구경한 놀랄 만한 일을 하나도 빼지 않고 이야기했다.

전차는 수백 대나 되며 자동차가 수천 대나 있어 귀가 아파 다닐 수 없었다는 말까지 했다. 혀를 빼고 멍하니 듣던 사람들이 숨을 몰아쉬려 할 때, 그는 그 자리에서 일어서며 강연조로 말을 꺼냈다.

"이제는 강습회에서 배운 것을 조금 말하겠습니다. 농사 짓는 법이란 제가 보통학교에 다니면서 다 배운 것이며, 지금 내가 채소밭 하는 것과 똑같은 것이었으니까 말할 것도 없지요. 하나 새로 배운 것이 있다면, 닭을 칠 때 서울서 '레그혼'이라는 흰 닭을 사다 기르면 그놈이 알을 굉장히 낳는다는 것입니다. 그밖에는 배운 것이라고 별로 없습니다."

이 말을 끝맺고 다시 말을 이을 때는 기침을 한 번 하고 목청을 올리었다.

"제가 강습회에서도 가장 많이 물은 일입니다마는, 우리가 제일 깨

달아야 할 것이 하나 있습니다. 그것은 다름 아니라 가장 어렵고 무서운 시국이라는 것입니다. 까딱 잘못 하다가는 죽을죄를 짓기 쉽고, 일을 아니하고 놀라고만 생각하면 농사도 못 짓게 됩니다. 불경기, 불경기 하지만 이것이 얼마 오래 갈 것이 아니며 한 고비만 넘기면 호경기가 온다는 것입니다. 들으니까 요사이에 감옥에 가장 많이 갇힌 죄수들은 일하기가 싫어서 남들까지 일을 못하게 한 놈들이래요. 말하자면 공산주의라나요. 공연히 알지도 못하고 그런 놈들의 말을 들었다가는 부치던 땅까지 못 부치게 될 것이니 결국은 농군들의 손해가 아니겠소……."

들고 있던 사람들은 길서의 얼굴만 쳐다보며 멍하니 앉아 있었다.

"또 무슨 전쟁이 일어날 것만 같습니다. 하라는 일을 아니하면 우리가 어떻게 되는지도 모르지요. 그러나 같은 값이면 마음 놓고 하라는 일을 잘하며 살아야 하겠어요. 에에, 우리는 일을 부지런히 합시다. 그러면 굶어 죽는 법이 없으니깐요. 유명하게 된 사람들은 전부 부지런했던 덕택이었다는 것을 우리는 잘 알지 않습니까!"

이 말을 끝맺고 한참이나 섰다가 앉을 때, 옆에 앉았던 늙은이가 이마를 긁으며 물었다.

"너 서울 가서 그런 말도 배웠니?"

길서는 그저 웃었다. 의숙이도 재미있게 듣는 동네 사람들을 볼 때, 길서가 더 훌륭한 것같이 생각했다.

"그런데 호경긴가 그것은 언제 온대든?"

아닌 밤중에 홍두깨 내밀 듯 기억이가 한참 동안 잔잔하던 공기를

깨뜨리고 말했다. 대답에 궁했던 길서는 한참이나 생각하다가,

"얼마 안 있으면 온대드라……."

라고 대답했으나, 어째서 불경기니 호경기니 하는 것이 생기느냐고 캐어물을 때에는 모르겠다는 솔직한 대답밖에 더 할 수가 없었다. 농민들이 나날이 못살게 되어 가는 것이 불경기 때문이냐고 묻는다면 자신 있는 말로 그렇다고 대답했을는지도 모른다.

"암만 호경기가 온다 해두 팔아먹을 것이 있어야 호경기지. 팔 거 없는 놈이 호경기는 무슨 소용이냐. 호경기가 되면 쌀이 많이 생기기나 하나……."

이러한 기억의 말은 아무런 생각도 없이 나온 듯했으나, 호경기가 쌀을 많이 가져다주는 것이 아니라는 것을 아는 그들은 길서의 말보다도 더 그럴 듯이 생각했다.

아무리 불경기라 해도 십 리 밖 읍내에 있는 지주 서재당은 금년에도 맏아들을 분가시키고 고래 같은 기와집을 지어 주었다.

쌀값이 조금 오르면 고무신 값이 조금 오르고, 쌀값이 떨어지면 물건값도 떨어지는 것을 잘 아는 그들은 불경기니 호경기니 해도 그것이 그들에게는 아무 관계가 없는 것같이 생각되었으며, 돈 있는 사람들도 불경기에 땅 팔았다는 말을 못 들었으므로 경기라는 것이 무엇인지 참으로 알 수 없었다. 그러나 그러면서도 길서가 힘든 말을 자기들보다 많이 아는 사람같이 생각하며 집으로 돌아갔다.

다음날, 서울 갈 때 입었던 누런 양복을 벗고 무명 잠방적삼을 갈아입은 뒤 논에 나가 모를 꽂고 들어온 길서는 컴컴한 저녁때쯤 해서 의

숙의 집 뒤 모퉁이로 의숙이를 찾아갔다.

기쁨을 기쁘다고 말하지 못하던 의숙이도 이날만은 자기도 모르게 웃음이 솟아오르며, 무슨 말이든 가슴이 시원하게 털어놓고 싶었다. 길서가 서울서 사 왔다고 파란 비누를 손에 쥐어 줄 때, 의숙은 진정이 서린 눈초리로 길서의 손을 듬뿍 잡았다. 비누 세수라고 평생 못 해 본 의숙은 비누 세수를 하면 금세 자기의 타진 얼굴이 희어지며 예뻐질 것 같아 춤을 추고 싶게 기뻤다.

"내 다음 일본 가게 되면 더 좋은 거 사다 줄게."

"언제 또 가세요?"

"가을에는 도에서 세 사람을 뽑아 일본 시찰을 보낸다는데, 뽑히기나 할는지 모르지만……."

"뽑히겠지요 뭐……."

자신 있는 듯이 의숙이가 말할 때, 껌껌한 데서 사람 소리를 들은 강아지가 깡깡 짖으며 뛰어나왔다. 무서운 호랑이나 본 것처럼 그들은 뒤돌아볼 새도 없이 굴뚝 뒤로 몸을 움츠렸다.

가슴속에서 뛰는 심장의 고동을 제각기 남의 가슴속에서 들었다.

"그놈의 개새끼가 사람을 놀라게 하눈……."

하며 숨을 내쉬어 일어설 때 그들의 손은 꼭 잡히어 있었다.

의숙이는 길서를 떠나서 몰래 집 안으로 들어가서 비누를 궤 속 깊이 넣었다가 한 번 다시 꺼내 보고는 마당으로 나와 어머니와 오빠와 동생이 앉아 있는 멍석으로 갔다. 그러나 길서의 품에 안기었던 생각만이 가슴에서 떠나질 않았다.

"그래 사 원 팔십 전을 받고 팔았단 말인가?"

그의 어머니가 성두에게 하는 말이었다.

"그럼 어떡헙니까? 그거라두 팔아서 용돈을 써야지요. 우선 지세도 밀리고, 아직 보리 빌 때까지 먹을 보리두 사야 하지 않아요. 또 단오 명절도 가까워 오는데, 돈 쓸 데가 없어서 그러십니까?"

"아아니 그런 줄은 알지만 큰 돈을 만들려구 했던 도야지를 너무 일찍 팔았단 말이다."

"누구는 모르나요. 여름에는 풀을 깎아다 주기만 하면 거름을 잘 만들고 먹을 것도 겨울보다 흔해서 기르기도 쉽구. 그러다가 가을철에 접어들어 팔면 큰 돈 될 것두 알기는 하지만 어떻게 합니까?"

성두의 얼굴은 붉으락푸르락했다.

"오빠, 오빠 잔치는 어떻게 합니까? 돼지를 팔구……."

의숙이가 옆에 앉았다가 눈을 흘기는 것 같으면서도 웃는 얼굴로 말을 했다.

"글쎄 말이다. 내 말이 그 말이 아닌가!"

어머니는 차마 꺼내지 못했던 말이 나와서 시원한 듯했다.

길서는 새벽에 일어나 감자밭에 나가 벌레를 잡고 뽕나무 묘목 밭을 한번 돌아보고는 서울 갈 때 입었던 누런 양복을 입고 읍내로 들어갔다.

먼저 보통학교 교장에게로 가서 제 손으로 만든 빗자루 다섯 개를 쓰라고 주고, 모를 다 냈으니 비료를 사야겠다고 이십오 원을 취해 가지고는 뽕나무 묘목에 대한 이야기를 하려고 면사무소로 들어갔다.

"리상, 잘 왔소. 한턱 내야지. 오늘은 리상의 점심을 얻어먹어야겠군."

세금 못 낸 사람을 잘 치기로 유명한 뚱뚱한 서기가 길서가 들어서자마자 말을 했다.

"한턱은 점심때 내기로 하구, 묘목은 언제 가져갑니까? 퍽 자랐는데, 이번에는 돈을 좀 실하게 받아야겠는데요."

"한턱만 내면야 잘 팔아 주지. 내게만 곱게 보이란 말이야. 값을 정해서 갖다 맡기면 그만이니까. 누가 무슨 소리를 감히 해내나."

면서기는 농담 비슷하게 웃었다. 허리를 구부리고 복종하는 농부들은 절대로 마음대로 할 자신이 있다는 듯한 호걸 웃음을 웃었다.

"일본으로 보내는 사람을 뽑을 때두 면장을 시켜서 잘 말하도록 할 테니, 그저 한턱만 내요."

"그것은 염려 마십시오. 술 한 병이면 녹초가 될걸. 그러면서도 얼마나 먹는 듯이…… 하하하…….'"

길서는 진정으로 한턱 내고 싶기도 했다. 묘목만 잘 팔아 주면 예산 이외의 돈이 수십 원 들어온다는 것을 모를 리 없었다. 그때 뚱뚱한 몸에 맵시 없는 의복을 입은 면장이 들어와서 길서 앞에 섰다. 길서는 인사를 하고 서울 갔던 이야기를 보고했다.

보고를 듣고 수고했다는 말을 한 뒤는 곧장,

"그런데 이번 호세는 자네 동네에서도 조금 많이 부담해야겠네. 보통학교를 육 학급으로 증축해야겠으니까."

하고 길지도 않은 수염을 쓸며 호세 이야기를 했다.

"거야 제가 압니까!"

"아니야. 자네 동네서야 자네만 승낙하면 되는 게니까. 그렇다구 자네에게 해로운 것은 없을 게고……."

"글쎄요."

길서는 면장의 말에 무엇이라고 대답할 수가 없었다. 만약 그에게 조금이라도 재미없는 말을 해서 비위에 거슬리게 하면, 자기도 끼니때를 굶고 지내는 동네 소작인들이나 다름이 없는 생활을 해야 할 것을 잘 알고 있다. 일본은 둘째로 하고라도 묘목도 못 팔아먹을 것이며, 그런 말이 보통학교 교장 귀에 들어가면 돈도 빌려다 쓸 수 없게 된다.

그러면 묘목 심었던 밭에 조를 심게 되고, 면사무소 사무원들과 학교 선생들에게 팔던 감자와 파도 썩어 버리게 된다. 삼백 평밖에 안 되는 논에 비료를 많이 내지 않으면 미곡 품평회米穀品評會에 출품도 못 해 볼 것이며, 그러면 상금을 못 탈 뿐 아니라 벼가 겨우 넉 섬밖에 소출 못 날 것이다. 그러면 동네 사람들과 똑같이 일 년 양식도 부족할 것이 아닌가.

"자네 동네 사람들은 얌전하게 근심 없이 사는 모양이던데."

면장이 다시 말을 꺼낼 때 길서는 곧 대답했다.

"그러문요. 근심이 조금도 없다고야 할 수 없지마는 무던한 편은 됩니다."

벼는 누릇누릇해서 이삭들이 뭉친 것이 황금덩이 같았다. 그러나 얼굴의 주름살을 편 사람이라고는 하나도 없었다.

강충이(벼줄기를 깎아 먹어 벼를 마르게 하는 벌레)가 먹어 예년에 비해서 절반도 곡식을 거둘 수가 없었기 때문이었다.

길서만이 평양 가서 북어기름을 통으로 사다가 쳤기 때문에 그의 논만은 작년보다도 더 잘 되었으나, 다른 논들은 털 빠진 황소 가죽같이 민숭민숭해졌다.

이새끼만한 작은 벌레까지도 못 살게 하는 것이 가슴 원통했으나, 여름내 땀을 빼고도 제 입으로 들어올 것이 없을 것을 생각하니 눈물이 솟아오를 지경이었다.

그들은 할 수 없으므로 성두의 말대로 길서를 시켜 읍내 지주 서재당에게 가서 금년만 도지小作料를 조금 감해 달래 보자고 했다.

그러나 길서는 자기와 관계가 없을 뿐 아니라 정해 놓은 도지를 곡식이 안 되었다고 감해 달라는 것은 흔히 일어나는 소작쟁의와 같은 당치 않은 짓이라고 해서 거절했다. 그러고는 며칠 있다가 일본 시찰단으로 뽑히어 떠나가 버렸다.

동네 사람들은 어찌할 줄을 몰랐다. 더구나 금년 겨울에는 기어이 잔치를 하려고 하던 성두는 가끔 우는 얼굴을 하곤 했다. 그들은 할 수 없이 큰 마음을 먹고 떼를 지어 읍내로 들어가 서재당에게 사정을 말해 보았으나, 물론 들어주지 않았다. 오히려 아들을 분가시킨 관계로 돈이 물린다는 근심까지를 들었다.

"너희들 마음대로 그렇게 하려거든 명년부터는 논을 내놓아라."
하는 말에는 더 할 말이 없어 갈 때보다도 더 기운 없이 돌아왔다. 그들은 돌아가는 길에 길서의 논 앞에 서서 '모범 경작' 이라고 쓴 말뚝을 부럽게 내려다보았다.

볏대가 훨씬 큰데 이삭이 한 길만큼 늘어선 것이 여간 부럽지 않았다. 그러나 말도 잘 하고 신망도 있다고 해서 대신 교섭을 해 달라고 부탁했음에도 불구하고 못 들은 체 들어주지 않은 길서가 미웠다.

"나도 내 땅이 있어 비료만 많이 하면 이삼 곱을 내겠다. 그까짓 것······."

기억이가 침을 탁 뱉으며 말했다. 며칠 뒤 그들이 다시 놀란 것은 값도 모르는 뽕나무 값이 엄청나게 비싸진 것과 십삼 등 하던 호세가 십일 등으로 올라간 것이다.

그것보다도 십 등이던 길서네만은 그대로 십 등에 있는 것이 너무도 이상했다. 길서네는 그래도 작년에 돈을 모아 빚을 주었으나, 다른 사람들은 흉년까지 만나 먹고 살 수도 없는데 호세만 올랐다는 것이 우스우면서도 기막힌 일이었다. 무엇을 보고 호세를 정하는지 알 수 없었다.

흉년, 그러면서도 도지를 그대로 바쳐야 하는데다가 호세까지 오른 그들의 세상은 캄캄했다.

'아마 북간도나 만주로 바가지를 차고 떠나야 하는가 보다.'

성두는 혼자 생각했다. 그들은 마을에 대한 애착심도 잊었고, 제 고장이라는 것도 생각하기 싫었다. 다만 못살 놈의 땅만 같았다.

마을 사람들은 길서의 장난으로 호세까지 올랐다는 것을 다음에야 알고 누구 하나 그를 곱게 이야기하는 이가 없게 되었다. 길서 때문에 동네를 떠나야겠다는 오빠의 말을 들은 의숙이도 눈물을 흘리며 길서가 그렇지 않기를 속으로 바랐다.

길서는 일본서 돌아올 때 우선 자기 논두렁에서 가슴이 서늘함을 느꼈다. 논에 박은 '김길서'라고 쓴 푯말은 간 곳도 없고, '모범 경작생'이라고 쓴 말뚝은 쪼개져서 흐트러져 있었다.

심술궂은 애들이 장난을 했는가 하고 생각하려 했으나, 그 한 짓으로 보아서 반드시 무슨 일이 일어난 것 같은 예감이 들었다.

동네에 들어섰을 때 동네에는 어른이라고 한 사람도 찾아볼 수 없었다.

읍내 서재당 집엘 가서 저녁때가 되도록 아직 돌아오지 않았다는 말을 듣자, 서울 갔다 돌아왔을 때보다도 더 의기양양해 온 길서의 마음은 조각조각 깨지고 말았다.

보지도 못했고 이름조차 들어보지 못하던 바나나를 가지고 밤이 이슥했을 무렵 의숙이를 찾아갔건만, 그를 본 의숙이도 얼굴을 돌리고 울기만 했다. 길서의 마음은 터지는 듯했다.

뒤에서 몽둥이를 들고 따라오던 사람의 숨소리를 듣는 듯 가슴이 떨리었다. 불길한 징조가 눈에 보이는 듯했다.

성두가 충혈된 얼굴로 아랫문으로 뛰어들었을 때 길서는 들고 왔던 바나나를 들고 뒷문으로 도망쳤다.

새우젓

　사직 공원 옆으로 흐르는 시냇가에서 아침부터 빨래를 하던 필운어멈은 어슬어슬한 저녁때에야 빨래 광주리를 이고 일어섰다. 난 지 이태된 어린애를 집에 두고 종일토록 한 번도 빨리지 못한 부른 젖에서는 젖방울이 저 혼자 뚝뚝 떨어졌다.

　간지러운 젖을 한 손으로 뭉그리며 집으로 걷고 있으나 어린애가 얼마나 울었을까 생각할 때 발걸음이 저절로 빨라졌다. 하루에 세 병씩이나 사서 네 살 된 애를 먹이는 주인집 우유로 굶지는 않았으려니 하고 안심을 했으나 어린애 울음이 귀에 들리는 것 같을 때는 말로 꿈때는 주인아씨가 먹다 남은 것이 있을지라도 먹이지 않았을 것 같은 마음이 들었다. 그래도 자기네 빨래를 했으니 울지나 않게 먹였겠지 하고 대문을 들어서 행랑방인 자기 방에 귀를 기울였으나 애의 울음소리가 없는 데는 적이 안심이 되었다.

　아무리 우유를 먹였다기로 어미의 젖을 먹여야 하려니 하고 빨래 광주리를 내려놓기가 바쁘게 방으로 들어갔다. 말을 겨우 하는 세 살 먹은 필운이는 어린애 옆에서 콜콜 자며 들어온 어미를 알지 못했다.

놀 동무도 없이 종일토록 얼마나 울다가 잠을 자고 있을까 하니 눈물이 나게 가엾어 보였으나 하루종일 젖 구경을 못한 어린애에게 젖을 먹어야겠다고 숨소리도 없는 애를 안아 젖을 물리었다.

젖꼭지를 손으로 입에다 넣어 주었으나 애는 깨려고 하지 않았으므로 그는 애를 흔들어 보기까지 했다. 그러나 애는 소리도 내지 않았다. 그때 마침 주인아씨가 밖으로 나가다가

"그 애는 신동인가 봐! 아침부터 한 번도 울지를 않아. 젖도 안 먹었는데!"

한 술의 우유도 아까워서 먹이지 않은 뒤 할 소리가 없어 그런 말을 하는 주인이 원망스러웠다. 애는 울지 않으나 주인은 괘씸스러웠다. 뚝뚝 흐르는 젖을 입에다 대고 손으로 주물렀으나 애의 입에서는 젖이 넘어 흐를 뿐 어린애는 삼키지 않았다. 쌌던 포대기를 들치고 놀란 눈으로 애를 보았으나 손에 닿는 살이 산득산득한 것이 아무래도 살아 있는 애 같지가 않았다.

옆에서 자는 필운의 가슴에 귀를 대어 보고 다시 어린애 가슴에 대어 보았으나 어린애 가슴에서만 찬 기운이 돌고 숨소리가 없는 것이 분명했다.

종일토록 먹인 것이 없어 기절했는가 하고 목구멍에 손가락을 넣고 젖을 먹여 보았으나 발악을 하고 콱 울 듯한데도 어린애는 아무런 반응이 없다. 필운어멈은 장작불같이 타오르는 가슴으로 애가 정말 죽었는가 하고 의심했으나 남편이 들어와서 눈물을 흘릴 때야 같이 눈물을 흘렸다. 밖에 나갔던 주인아씨가 들어오다 그것을 보고 또 이야기했다.

"몇 달 월급을 먼저 줄 테니 의사를 데려다가 진찰서나 쓰게! 그래야 매장을 하지!"

죽었다는 증서만을 쓰려고 의사를 부르기는 싱거웠으나 금테 안경을 쓰고 양복을 입은 의사를 행랑방으로 불러들이고야 말았다.

귀, 코, 입, 배를 살펴보던 의사는 유리관으로 관장灌腸을 하고 그 유리관에서 새우 세 마리를 핀셋으로 집어 냈다.

필운에게 주었던 점심 반찬이었다.

"나 하나 먹고 애기 하나 먹으며 놀았어……. 배 불러서 잘 자지."

잠자던 필운이가 의사의 손에서 새우를 보고 일어나 말했다.

일 년

보리밭

"내일부터는 보리밭에 거름을 내기 시작 해야겠다."

따스한 양지쪽에서 지붕 이엉을 엮고 있는 성순에게 그의 아버지가
말했다. 방안에서도 아랫목만 찾아 누워야 몸이 편안한 그는 문 밖에
나오지도 잘 않는다. 꼬부라진 허리와 뼈만 남은 다리는 그로 하여금
방안에만 있게 하며 긴 담뱃대와 동무를 만들어 주었다.

더구나 겨울날에는 추운 바람이 무서워 대소변 때 외에는 문 한번
열어보지도 않는다. 그러던 그가 첫봄이 온 것을 알고 말한 것이다. 그
는 팔십 년의 경험을 가진 이로서 누구보다도 천기를 잘 알며 시절을
잘 알았다. 그리하여 무엇이나 남보다는 일찍 곡식을 심었고 또 모든
일을 든든히 하였다. 그래서 아직 다른 이는 생각도 미처 못하는 보리
밭 거름을 내라고 명령을 한 것이다. 성순은 그의 아버지 말을 잘 들었
다. 또 아버지와 같이 농사를 지은 이로 아버지의 말이 틀렸다고 말하
는 사람이 없었다.

"벌써 이월두 몇 날이 남지 않았구먼…… 에—앰!"

기침을 돋우어가며 날짜를 헤어보던 아버지가 "금년은 조금 늦었

군. 지난 겨울은 좀 추웠던 모양이지." 하며 벌써 때가 늦었다고 말했다.

"아직도 이엉을 다 못 엮었단 말이냐?"

볏짚을 혼자 골라가며 혼자 엮는 성순의 움직이는 손을 보던 아버지는 가만 있을 수 없다는 듯이 말을 또 꺼냈다. 그러나 성순은 아무 대답도 하지 않았다. 늙은 아버지의 말에 자기의 의견을 말하면 언제나 좋아하지 않기 때문에 대답하고 싶지가 않다는 듯 그의 입은 늘 무거웠다. 늙은이는 항용 말하기를 즐기고 남을 부리기를 기뻐하는 것을 아는 성순이는 아버지의 말에 무슨 잘못이 있다 해도 입을 꾹 막고 참아오는 것이다. 더구나 늙도록 호사라는 것을 몰랐으며 더구나 젊은 피를 참음으로 식혀온 아버지는 자기의 마음에 맞지 않는 일이 있으면 자식들에게 과거의 분노를 풀어 놓기라도 하는 듯이 달겨들기도 하였다. 그래서 나흘 동안 혼자서 지붕 이엉을 엮느라고 손가락이 전부 짚에 베였으나 일을 빨리 못한다는 아버지 말에도 아무 대답을 아니했다.

사람을 사서 했으면 하루에 치워버릴 것을 쌀이 없어 밥을 먹이지 못하여 혼자서 며칠 동안 끙끙 일하는 것쯤은 아버지가 모를 리 없지만 그런 것을 서로 말할 수는 없는 일이었다. 성순이도 자기의 아버지만을 원망할 수 없는 것이니까. 그럴 때 폈던 허리를 다시 구부리며 방으로 들어가려고 지팡이를 내어놓던 아버지가 또 말했다.

"그렇게 일을 뜨게 해서야 농산들 지어먹겠니? 내가 젊었을 땐 그런 건 금방 해치웠다. 원, 원……."

입을 쩍쩍 다시며 한 걸음 문턱으로 갔다.

성순은 손에 든 것을 던지고 어떻게 하면 빨리 하느냐고 따라가 묻고 싶었으나 이제 자기가 살림살이를 맡았으니 그래야 아무 소용이 없다는 것을 알고 있다. 성순은 그리하여 동네에서 젊은이 가운데 가장 참을성이 있고 온순하다는 이름이 난 사람이다.

저녁때에 이엉을 말아 지붕에 펴기 시작했다. 앞채까지 합해 네 칸밖에 안 되는 집의 이엉을 씌우기는 과히 힘든 일이 아니었지만 혼자서 하기에는 시간이 걸리는 것이었다.

가라앉게 무너져가는 작은 집에 새 이엉을 깔아놓으니 그래도 새에 날개가 달린 것 같았다. 아무리 시꺼멓다고 해도 맑은 집 이엉에 신선이 된 듯하였다. 성순은 기뻤다. 누구보다도 먼저 깨끗이 하여 놓았으니 동네 가운데 가장 작은 집이나마 그것이 윤택이 나는 것 같았다.

성순이에게도 기쁨이 있다면 이런 때밖에는 찾아볼 수가 없을 것이다.

아직 찬 바람이 손을 굳게 하였다. 솜옷이 아니면 밖에 나올 수가 없으리만큼 쌀쌀한 이른 봄이다.

성순은 저녁을 먹기 전 거름을 치웠다. 내일 아침 보리밭에 낼 거름에서 덩어리진 것을 깨 놓아야 하기 때문이다. 저녁 찬바람은 거름을 굳고 얼어붙게 하였으나 쇠스랑을(세 갈래로 된 것으로 흙 같은 것을 파는 농기구) 쥔 성순의 힘에는 견디지 못하였다.

물론 거름이 아주 녹은 뒤에 보리밭을 거루면 쉬울 수는 있을 것이나 땅이 없는 사람으로 일을 남보다 먼저 해놓아야 되기 때문이다.

시꺼멓게 썩은 거름 위에서는 더운 기운이 향기롭지 않은 냄새를 풍기며 코를 찔렀다. 이것이 그에게는 봄의 첫향기가 되는 것이다.

봄—. 농부의 봄은 이렇게 거름 속으로부터 찾아오는 것이다. 그리하여 그들은 일찍 봄을 맛보며 남과 다른 봄 냄새를 맡는 것이다. 다음날 새벽 성순은 김참봉네 집에 소를 가지러 갔다.

"벌써 보리밭을 하겠어?" 언제나 자기네 물건을 성큼 주지 않는 김참봉의 말이다.

"이제는 때가 되었습니다. 아버지는 벌써 늦었다구 하시는 데요."

"아니 그러면 왜 와서 의논두 없이 혼자서만 그런단 말이야! 누구보고 말했었나?"

"요사이는 소가 언제나 짬이 있기에 아무 때나 와도 주실 줄 알고 저두 짬이 없어 그렇게 되었습니다." 언제나 조용한 성순의 말이다.

"그럼 할 수 없으니까 소를 가져가! 그러나 처음 일하는 소에게 너무 많이씩 싣지는 말게!"

"네! 그런데 내일까지 소를 주셔야 되겠습니다. 오늘은 종일 거름을 내고 내일은 밭을 갈아야겠으니까요."

"그러하라구." 귀찮다는 듯이 대답을 해버리고는 들어가고 말았다.

성순은 소에게 거름을 싣고 종일토록 서른 바리를 내었다.

동네 사람들은 벌써 보리밭을 한다고 저희들도 시작하여야겠다고 말하였다. 그러나 벌써 해야 아무 소용이 없다고 하는 이도 있었다. 그러나 성순이는 소가 어째 그리 걸음이 뜬가 하고 그것만 한탄하리만큼 조급하였다.

열 마지기에 서른 바리를 내고 소를 돌려주고 와 보니 일 년 동안 모 아놓은 거름이 절반이나 없어졌다.

그것도 김참봉에게는 적게 생각되겠으나 성순에게는 여간 많은 것이 아니다. 제 거름을 내야 반분이라도 얻어먹는 판에 보리밭 열 마지기에 온 거름의 절반을 쓴다는 것은 다른 밭의 거름을 근심케 하였다. 조밭과 논에는 보리밭의 배 이상이나 많이 내야 한다. 그런 것을 벌써 이렇게 써 버렸으니 다른 것은 삼분으로 맞지 않을 수밖에 없었다. 삼분이라면 품값도 잘 되지 않으나, 그런 것이라도 해야 한다고 생각하며 남보다 일찍부터 일을 시작하고 있으나 도리어 안타깝기만 한 일이었다. 남에게는 부지런하고 용하다고 말을 들으나 먹는 것이 있어야 기쁘지 않을 것인가!

다음날 보섭과 연장을 소에게 싣고 밭을 갈러 나갔다. 산의 눈 녹인 바람이 몹시 차게 불었다. 조금 따스하였으면 하였으나 다시 눈이 나릴듯이 하늘 색이 변하며 동풍이 불어오자 남보다 이르게 하는 것이 도리어 해가 되지나 않을까 의심도 했다. 그러나 벌써 이월 보름이니 땅은 다 녹았고 다시 눈이 온대도 그것이 얼 것 같지는 않았다.

그는 두 마리 소를 메워 밭을 갈아 새 흙을 만들어놓으니 퍼렇게 흐늘거릴 보리이삭이 눈에 암암히 보이며 그것을 일찍 거두면 가을까지 먹을 수 있다는 생각이 났다. 보리는 거름을 주어 심어만 놓으면 김도 안 매고 그저 거둘 수 있는 것이며 또 다른 곡식 보다 일찍 거둘 수가 있는 것이기에 성순이와 같은 이에게는 없지 못할 일이다.

산골짝을 스치며 휩쓰는 봄바람에 숨을 허덕이면서도 밭을 다 갈아

놓았다.

해가 아직 조금 남았을 때 그는 소를 몰고 김참봉의 집으로 갔다. 소 외양간에 소를 몰아넣고 나설 때 참봉이 문을 열고 나왔다.

"다 갈았나?"

"예. 거름을 헤치고 다 갈았습니다."

"언 땅에 보섭을 꺾지나 않았나?"

"땅이 그렇게야 얼 리가 있겠습니까."

"그런데 한품은 내가 내지만 한 소품은 언제 갚아주겠나?"

"글쎄요, 내일 보리를 심고는 짬이 있을 테니까 곧 갚아드리지요."

"그럼 모레부터 와서 한 나흘 동안 일해주게……. 텃밭에 바주(숫대 울타리)도 해야겠고 또 새끼도 꽈야겠네!"

"그럼 그러지요, 그런데 내일 심을 보리 종자를 주십시요."

"글쎄, 오늘같이 추워서야 보리고 무엇이고 살겠는가? 내일 보구 줌세!"

"그래도 죽기야 하겠습니까?" 한 번 말이 빗나가면 잘 듣지 않는 김참봉에게는 언제나 비는 것처럼 말해야만 했다.

감자장사

보리 종자는 주지를 않았다. 그래서 공연히 밭만 갈아놓게 된 성순이는 일이 뜻대로 되지 않아 손에 힘이 없었다. 더구나 아버지가 김참봉에게 가서 심어도 괜찮다는 말을 하라고만 야단을 치며 자기가 일하고 싶지 않아 안 하는 것처럼 말하는 것이 더욱 괴로웠다. 자기에게 보리가 있다면 자기 것으로라도 심어버리고 싶으나 당장 먹을 것이 없는 그로서는 그런 것은 생각조차 하기 힘든 일이었다.

하루라도 빨리 심어 하루라도 빨리 익어서 거두면 그때부터 먹을 것에 대한 근심이 줄어들 것 같아서 남보다 일찍 서둘렀던 그는 그만 낙심이 가득하였다.

요사이는 가을에 가서 입쌀로 갚아주기로 약속한 뒤에 좁쌀을 꾸어다 먹고 있다. 한말 두말 이렇게 먹으니 벼는 얼마나 해야 다 물어줄 것인가 한심스러웠다. 하루가 지나면 지날수록 그의 어깨는 무거워만 가니 그에게 있어서 하루는 여간 큰 고통이 아니다.

멍하니 정신을 못 차리고 있을 때 성순의 처는 점심때가 되지도 않았는데 식은밥 한 그릇을 차려주고는 광주리를 이고 부엌문을 나서며 말했다.

"오늘부터 감자장사를 좀 해보겠소. 앞집 얌전이 어머니도 가겠다는데 오늘은 산너머 절아래(동네 이름) 동네에 가서 감자를 사올 테예요."

"돈은 어데서 나서?"

"어데 가서 꾸어가지고 사지요."

"그것을 이고 어떻게 돌아다니며 팔겠니? 잘 팔리지 않으면 망하게 될지두 모르겠는걸……"

성순의 아버지는 근심은 되나 마음이 고맙다는 듯이 수염을 쓸며 말했다.

"그럼 다녀올게요!" 하고 달음질하듯이 나가버렸다.

아버지는 밥술을 힘 없이 놓으며 한숨을 쉬었다.

"젊은 것이 얼마나 돈이 그립기에 저런 노릇을 할려고 할꼬! 아마 오늘은 조반도 안 먹었지!"

성순은 더욱 어안이 벙벙했다. 깔깔한 조밥이 넘어가지 않았다. 진심은 얌전이 어머니와 돈 삼십 오 전씩을 마련하여 가지고 절아래로 떠났다.

얌전네도 먹을 것은 없고 집안 식구는 많아서 매일 집 안에는 싸움이 일어났다.

삼 년 전까지도 동네에서 넉넉하다는 말을 들어가며 땅을 남에게 타작으로 주어가며 살아가던 집이다. 집도 큰 집을 쓰고 살고 소도 돼지도 치며 근심을 모르고 지냈다. 그러던 이가 금융조합의 세금 관계로 집 달리가 몇 번씩 왔다 갔다 하는 바람에 큰 집을 빼앗기고 적은 단칸 집으로 내려왔으며 남에게 소작을 주던 그들이 도리어 남의 소작을 하게 되었다. 학교에 보내던 얌전이도 집에서 애를 봐야했으며 감농만 하던 얌전이 아버지는 호미에 손의 피를 흘리지 않으면 안 되었다.

학교에 보내달라고 억지를 쓰는 얌전이를 보고 몇 번이나 그의 어머니가 울었으나 몇 해가 지난 오늘에는 얌전이가 억지도 안 쓰려니와 그런 것은 또 아무것도 아닌 것같이 생각되게 되었다.

언제 한번 넉넉히 살아보았으면 하는 생각이 날 뿐이다. 그러니 지난 날의 살림살이를 그리워하게 되고 밥때만 되면 가슴을 조리는 현재를 눈물이 나도록 가슴 아파하지 않을 수 없었다.

웬일인지 조그마한 말트집이 생기기만 해도 살기가 등등하여 서로가 원수같이 싸우며 남편은 패가한 것이 마누라에게, 처는 남편에게 있는 것 같이 말해온 그들이다.

그래도 시원하지 않을 때 그들은 싸움을 막는 길을 체득했는지 그 뒷날부터는 누구나 일을 부지런히 해서 굶지나 말자고 의논했다. 땅이라고는 전부를 잃어버린 그들은 팔 수 있는 것을 전부 팔아치웠다. 돈 있을 때 쓰던 것을 두어둬야 생활만 호화롭게 하고 싶어질 것이 겁나 물건을 더욱 팔게 하였다. 얼마 동안은 그것으로도 살았다. 그러나 파산한 지 삼 년이나 거의 된 이 봄에는 팔 것도 없어 곱게 죽게 되었다. 하루는 겨우내 짜 놓은 무명 한 필을 들고 장으로 간 얌전의 어머니는 그것이 팔 것의 마지막이라는 것을 알고 돈 쓸 궁리를 해보았다. 그것으로 쌀을 사가면 금방 먹어 없어질 것이다. 그래서 그 돈 몇십 전으로 장사라도 해서 돈을 벌지 않으면 며칠 안에 죽을 것 같았다.

장을 떠날 때 쌀을 많이 사가지고 오라고 하던 얌전이의 말이 눈물 나게 가슴에서 살아 올랐다. 그는 생각 끝에 사과 한 접과 좁쌀 한 되를 사가지고 왔다. 사과 한 접에 칠십 전을 주고 한 개에 일 전씩만 받으면 삼십 전은 남으리라는 생각에서였다. 또 사과장사를 하는 이가 적지 않게 있음을 보고 자신을 얻었던 것이다.

그것을 이고 이 장 저 장으로 다니며 이틀 만에 다 팔고 보니 삼십 전 가까이 남았다. 다리가 저미는 듯이 아팠고 발에서 피가 났으나 그새 번 삼십 전이 무한한 기쁨을 안겨다 주었다.

얌전이에게 사과 한 개라도 쥐어줄 수 있지 않은가? 이틀에 아니 사흘에 삼십 전이라도 그것만 계속해서 벌면 살 수가 있을 것을 알았다. 그래서 몇 번 그 장사를 했다. 이제는 이력도 나고 사과금과 사과의 품질도 잘 알아 장사꾼이 되리만큼 익숙해졌다. 그러나 자기와 같은 사람이 세상에는 한 사람만이 아니며 그런 마음을 먹은 사람도 자기 만이 아니었다. 장날이면 사과장사의 장이 될 만큼 장사꾼이 늘어났으며 제각기 자기 것을 팔려고 하니 사과 금새는 떨어만 졌다. 어떤 날은 오전밖에 남기지 못했다.

이제 이 장사도 다 되었다고 생각하고는 남들이 과히 하지 않는 것을 해보기로 생각했다. 그것이 감자장사였다. 얌전이 어머니가 사과장사를 해서 먹고 살아나간다는 말을 듣고 간 성순의 처는 이런 이야기를 듣고 얌전의 어머니와 같이 감자장사를 해보기로 한 것이다. 남들이 하는 것을 내가 못하랴 하는 마음을 가지고 떠났으나 실상 광주리를 이고 나서니 어쩐지 자신이 없어지는 것 같았다.

"내 팔자는 왜 이리도 박할까?"

두 여인이 다같이 이런 생각을 하며 걷고 있으나 그런 말을 꺼내지는 않았다.

"하면 못할 것이 없지요. 내가 이런 노릇을 할 줄이야 누가 알았겠소. 글쎄, 그러나 이러고 다니게 되니 그것이 도리어 재미도 납니다."

"그것을 처음에 어떻게 팔았어요?"

"지나가는 사람의 옷깃을 잡아당기며 한 개씩만 사라고 하면 사지 않으려던 사람도 사가지요. 그렇게 팔 때엔 퍽이나 재미가 있어요."

성순의 처, 진심의 생각에는 아무래도 돈이 그리 남을 것 같지가 않음이 두려웠다. 더구나 생감자 한 근에 이 전씩 주고 열댓 근 사이고 집에 돌아올 때는 더 했다. 돈이 한 푼이라도 남기만 하면 좋으나 일 전이라도 밑지고 들면 꾸어 쓴 돈을 갚는 것이 문제이기 때문이다.

"이것을 쪄서 팔면 한 근에 얼마씩이나 받을까요?"

자기는 그런 예산도 없이 다만 경험 있는 얌전이 어머니가 하자는 대로 하면 되려니 하던 진심도 이제는 그것만이라도 알아야겠다는 듯이 물었다.

"요즈음 봄이라 돈이 귀하기 때문에 한 근에 사 전씩밖에는 못 받을 꺼예요."

이 대답에 진심은 손가락으로 한참 동안 세어보다가 말했다.

"그렇게야 받겠소? 그렇게만 받으면 얼마를 남기게……."

"그만큼도 남기지 않아서야 장사를 해먹겠소? 또 감자는 찌면 근수가 조금 주는 것이라우……." 장사꾼이 다 된 말투로 하는 말이다.

진심은 그것을 가져다가 잘 씻고 그 다음날 새벽에 가마에 쪘다. 솥뚜껑 사이로 새어나오는 냄새가 구수하기가 짝이 없다.

"그 냄새가 좋구나, 잘 팔리겠다."

방안에 있던 아버지도 냄새에 취한 모양이다. 그러나 그래도 밑지지는 않을까 하여 감자 한 개도 아버지에게 드리지 못하고 그냥 장으로 이고 갔다.

십 리도 넘는 촌장에 가보기는 이번이 처음이다. 장에 보이는 것은 전부 물건이요, 내왕하는 사람의 손에도 사고 팔고 할 물건뿐이었다.

저희들은 돈이 많을 터이니까 이것쯤이야 쉽게 팔아주려니 하는 마음으로 광주리를 앞에 놓고 앉은 진심은 옆으로 지나가며 감자를 들여다보는 사람에게다 큰 기대를 걸고 사가라고 졸랐다. 그러나 아직 수단이 없고 서투른 그는 한 사람도 끌지 못했다. 옆에 앉은 사람들은 벌써 몇 근이나 팔았으나 자기만 한 근도 못 팔고 있음에 가슴이 떨리는 것 같았다.

팔지를 못하면 어쩌나하는 생각이 먼저 그의 머리를 차지하고 있다. 그럴 때 한 사람이 앞에 앉으며 한 근에 얼마인가를 묻는다. 참으로 구세주와 같이 고마운 이로 생각하였다.

"예, 얼마치나 사실라우?" 그는 얼핏 온 사람을 보내지 않으려고 첫 마디에 이런 말을 했다.

"한 근에 얼마예요?"

"예, 한 근에 사 전씩만 주십시오."

"좀 더 눅게 않겠소?" 살 사람이 이렇게 물을 때 진심이 대답도 하기 전에 옆에 앉았던 감자장사가 가로채며 말했다.

"일루 오시오, 내 많이 드리리다."

이때 진심의 마음은 불에 석유를 붓고 바람을 피우는 것 같았다. 이제야 처음으로 한 사람이 온 것을 그것도 가로채는 것이 너무나 분했다. 자기는 인정상 옆에 사람이 팔 때에 그런 말을 못 하였건만 더듬지도 않고 말하는 그 사람이 인정이 없다는 것보다 자기의 첫 기쁨과 기대를 깨어버리는 것이 분했던 것이다.

"여보! 그래 당신은 그것이 무슨 법이요." 살려던 사람이 채 가기도 전에 이렇게 말을 했다. 한 사람에게 판대야 얼마를 팔며 남긴대야 얼마를 남기겠는가? 이삼 전밖에 못 남길 것을 모르는 것이 아니지만 그것이 그들에게는 적은 것이 아니었다. 그러나 진심에게는 돈보다도 각박한 인심이 미웠던 것이다. 그때 옆에 앉았던 얌전이 어머니가 와서 진심의 귀에 입을 대고 말했다.

얌전이 어머니는 경험이 있어서 그런 것을 잘 알았다. 만약 그곳에서 몇 마디만 더 하면 싸우게 되며 그렇게 되면 두 사람 모두 그날은 팔지를 못하고 돌아가게 되는 것을!

누가 잘하고 잘못하고 간에 싸움만 일어나면 그 뒤부터는 손님이 한 명도 찾아오지 않는 것이었다. 진심은 참았다. 첫날부터 싸움질로 장안에 이름을 날리고 감자는 팔지도 못할 것이 두려웠다.

그날 그는 가지고 왔던 감자를 겨우 다 팔았다. 계산해보니 이십삼 전이 남았다.

그는 돌아갈 때 나는 듯 걸음이 가벼움을 느꼈다. 다 팔기나 할까 하고 근심하였고 팔아도 밑지지나 않을까 걱정한 것이 이십삼 전이나 남았다. 조금이라도 빨리 가서 아버지와 남편에게 이 말을 하고 싶었다. 얌전이 어머니는 삼십몇 전을 남겼다고 한다. 조르는 수단도 파는 수단도 나았던 까닭이다. 그러나 진심은 많이 남기지 못한 것이 조금도 서운하지 않았으며 얌전이 어머니가 부럽지도 않았다.

기뻐할 아버지! 기뻐할 남편! 그들의 웃는 얼굴이 그의 가슴에 가득 차서 아무것도 몰랐다.

첫 번 장사에 성공이다. 이십 전이라도 자기의 손으로 돈을 벌기는 이것이 처음이다. 이것으로 또 다시 장사할 것을 생각하니 참으로 가슴이 뛰었다.

먹을 것에 시달리던 성순이도 기뻐 아니할 수 없었다. 자기도 얼마 동안만이라도 마누라와 같이 이 일을 해보고 싶었으나 우선 소 한자루 쓴 품값을 갚아주어야 했다.

김참봉

남의 일이라도 부지런히 해줘야 하는 성순은 새벽밥을 먹고 김참봉의 집으로 갔다. 더구나 김참봉네 땅을 부치는 그로서 조금이라도 김참봉의 눈에 들게 일을 해야 했다.

아직 김참봉은 일어나지도 않았으나 그 집 고용꾼 기순이와 일을 시작하였다.

"요새 할 일이 뭐 있나? 그런데두 사흘 동안 일을 하라니 데려다가 놀릴 세음인가?"

일 할 건덕지가 그다지 없는 것을 본 성순이가 말했다. 일터에 나서서 할 일 없이 빙빙 돌아만 다니면 피차에 미안하기만 하기 때문이다.

"낸들 알겠나? 너보구 사흘 동안 일을 하라구 하든?"

일을 시키면 그것만 치워 놓고 빈둥거리기가 일쑤인 기순이가 물었다.

"글쎄, 바주를 만든대두 하루면 되겠는데……." 이렇게 말하는데 태은泰殷이도 일하려고 왔다.

"벌써 왔니?' 자기가 늦어 참봉에게 욕이나 먹지 않을까 겁이 나서 인사라는 것보다 온 지가 얼마나 오래 되었는가를 물어보는 말이다.

"나두 이제 방금 왔네. 자네도 일하러 오나?' 두 사람이 해도 넉넉할 일에 태은이까지 오란 것을 볼 때 할 일이 달리 또 있는 것 같아 궁금했다. 그래서 성순이는 말을 이었다.

"너보구두 무엇 한단 말 아니 하든?'

"바주 엮어달라구 하더군. 나는 요새 나무를 해놓아야 보리밭 할 때까지 때겠는데, 그래도 일을 해달라니 할 수가 있어야지. 이런 바주쯤이야 며칠 후에 하면 어떻겠나마는 말을 듣지 않았다가는 굶어 죽겠으니 할 수가 있나? 보리감자 한 말에 일 두 자루를 꼭꼭 해줘야 하니 기가 막히네! 김참봉은 어데 갔나?' 뒤를 돌아보며 두려운 듯이 말했다.

"아직 기침을 아니 하셨나 보이! 자네는 몇 말이나 먹었나? 아마 이 동네에 그 감자 먹은 사람이 퍽 많을걸!' 기순이가 말했다.

"두어 말 먹었네. 그놈을 갖다 먹으라기에 먹었더니 한 말에 두 자루씩 내라고 하데그려! 다른 사람보고두 그러는가?'

보리감자 한 말에 삼십 전도 못한다. 그러나 먹을 것이 없는 사람들로서 그것이라도 가져다가 먹지 않을 수 없었다.

쌀은 주지 않고 그것만 안겨주니 그것을 양식 삼지 않을 수 없었다. 태은이 보리감자를 꾸어다 먹기는 이번이 처음이었다. 태은 말고도 영리하게 생각하는 사람 외에는 그집에서는 돼지 주는 것이니까 소작인들에게 그저 주는 것이겠지 하였다. 그래서 고맙게 생명을 살려주었다고 김참봉 마누라를 만나면 치하를 드리는 사람이 적지 않았다. 나중에 그것을 안 동네사람들은 말이 많았다. 그러나 동네의 대감이요 또 그것이라도 가져다가 먹어야겠기에 나중에는 어떻게 된다는 것을 알면서도 가져다 먹는 사람이 있게 되었다.

팔러 다니기는 귀찮고 해서 돼지에게나 끓여주고 그렇지 않으면 썩히어 거름을 만들 것이었지만 다른 사람에게 줄 때는 말도 실히 주지 않으려는 그 마음보가 너무 고약했다. 그래서 달리 살아갈 길을 생각하며 그런 것은 꾸어다 먹지 않으려는 사람이 많았다. 아무리 자기 땅을 소작해서 사는 사람에게라도 그것은 너무 과했다.

셋이서 수숫대를 잘라 바주를 만들고 있을 때 김참봉이 마당으로 나왔다. 셋은 같이 일어나 인사를 했다.

"어데 갔다오십니까?"

"웃동네 좀 갔었네. 그런데 다른 사람들은 아직 안 왔나?"

그는 급한 듯이 대답도 들으려하지 않고 안으로 들어갔다.

"아직 일어나지 않았다고 했지? 웃동네 첩한테 가서 자고 오는가 봄세! 자네는 주인이 어데서 자는지도 모르나?" 성순이가 기순이에게 하는 말이다.

"나는 여기서 자는 줄만 알았지."

"김참봉이 둘째 첩을 제일 사랑하는 것 같더라." 태은이가 말했다.

"그거야 그럴 수밖에, 첫째 첩도 셋째 첩도 애를 못 낳고 있으니까. 더구나 웃동네 있는 그가 나이도 가장 젊었다고 하데!" 기순이가 대답했다.

"그 첩에게는 재산을 많이 주기로 한 모양이야. 요즘도 매일 거기만 다니니까 다른 첩들은 시기를 하여 그 둘째 첩을 죽이고 싶어한다데……." 성순이가 눈을 굴리며 가만히 말했다. 더구나 참봉의 마당에서 참봉의 말을 할 때는 무슨 이야기도 숨을 죽여가며 아니할 수 없었다.

이때에 아침 해가 동산에서 부옇게 떠올랐다.

"이제는 해가 퍽으나 북쪽으로 뜨는데!" 성순이가 말을 할 때 참봉의 처가 나왔다.

작은 얼굴에 잔뜩 화가 나서 유월 사마귀같이 고개를 간득이며 나오는 것이 무슨 좋지 않은 말이 있을 것을 짐작케했다. 잘했던 잘못했던 간에 한번 화를 내면 물불을 가리지 않는 참봉의 본댁을 아는 이는 그를 참봉보다 더 무서워했다. 마련 없이 덤비고 제 마음대로 해야 시원해하는 그에게 누가 감히 말 한 마딘들 할 것인가?

"아직 이것들은 안 나왔어?"

"누구 말씀입니까?"

이 말도 안 하는 것이 자기에게 유리할 줄 알면서 기순이는 말을 하고야 말았다.

"오늘 이거 하러 사람을 오라구 한 줄 아니. XX골 창고에 가서 벼를 날라야 해. 밤낮 돌아만 다니고 일하는 사람 하나 참견치 않고. 어서 죽지나 않구!"

자기 남편에 대한 분이 머리끝까지 올랐다.

"기순아! 너 가서 돌아다니며 어서들 오라고 해, 빨리!"

"누구 말입니까?"

이때 열서너 명이 머리에 수건을 동이고 오고 있었다.

"저것들이 이제야 저기 오누만, 돼먹지 못한 것들! 남의 일을 하는 것들이 대낮에 기어오니!" 앓는 강아지처럼 혼자 중얼거렸다.

마당을 들어서는 그들을 보고 참봉의 처는 말했다.

"아니, 점심들이나 마저 먹고 오지 왜……."

그러나 대답하는 사람은 하나도 없었다.

"저런 것들 보구두 아무 말을 못하는 저 영감쟁이가 어서 죽어야지!" 하며 방으로 들어갔다.

그때 자전거를 끌고 나오던 김참봉이 늦게 온 사람들의 인사를 받고는 XX골 창고로 가자고 했다. 그는 자전거를 타고 먼저 갔다. 그 뒤로 열대여섯 명이 십 리가 거의 되는 김참봉의 곡식 창고로 걸어갔다.

"되지 못한 것들, 돈이나 있으면 제 위에 사람이 없는 줄 아는 거지! 그저 타고 앉아 X가랭이를 찢어주고 싶은 걸 참으려니……."

동네에서 가장 힘이 세고 성질이 팔팔한 진억이의 말이다. 그의 말이 터지자 들길을 걷던 그들은 저마다 한 마디씩 했다.

"고것 쯤이야 약괄세, 매일 그놈의 성화를 받는 나는 어쩌겠나? 세 살난 애보구나 할 수작을 내게 하지……. 입에다 똥을 처넣어 주구 싶지만 일 년에 오십 원이 사람을 죽이네. 그것도 많다구 야단을 칠 때는 돈이고 무에고 그놈의 집에다 불을 싸질러 놓구 싶네."

매일 학대를 참아오는 기순의 말이다.

"아니야, 오늘은 성날 일이 있어서 그런 거야!" 성순이가 빙글빙글 웃으며 말했다.

"참봉이 둘째 첩의 집에서 자구 왔다고 막 지랄을 하는데 볼 만 하데!"

"돈 많은 집에 시집 오기를 잘못이지. 그럴 줄 몰랐댔나?" 태은이가 천천히 말했다.

"첩을 얻어두구두 본댁하구만 있을 놈이 어데 있담."

이때 진억이가 걸음을 빨리하며 거칠게 말했다.

"너희들도 감자 먹은 품값이냐? 성순이와 태은이 너도 그렇겠지? 그런대두 새벽부터 왔니? 품을 받는 것이라고 밥도 안 먹이는 놈의 일을 하러 조반이나 먹었니?"

태은이와 성순이는 아무 대답도 하지 않았다. 그들도 밥을 먹여주지 않는다는 것을 알건만 진억의 말에는 무엇이라고 말을 할 수가 없었다.

"우리 동네서 그놈의 집이 없어져야 해! 남의 일을 할 때는 그집 밥을 먹는 것이 법인데 이눔의 집에서는 일을 시키면서 밥두 안 주니 그런 몹쓸 집이 어디있어?"

그들은 어느덧 창고에 다다랐다. 참봉이 창고문을 열어제치고 앉아 있었다.

"이제들 오나?" 하며 일어나는 참봉을 보며 그래도 그의 처에 비하면 참봉은 무던한 사람이라는 말이 누군가의 입에서 흘러 나왔다.

"일본 간 아들놈이 돈을 보내 달라구해서 좀 팔아야겠네. 수고들 해야겠어!" 하며 참봉은 일꾼들을 데리고 창고로 들어갔다.

볏섬을 한 섬씩 지어다가 신작로 옆에 쌓아 놓았다.

이백여 근 나가는 볏섬을 지어만 주면 누구나 힘들지 않게 메고 걸어갔다. 더구나 진억이는 혼자서 메고도 무거워하는 기색 없이 매다친다.

"힘들을 쓰는데!" 칭찬을 해주어가며 참봉은 길지도 않은 수염을 쓸고 있었다.

"달구지로 하면 얼마나 오래 걸릴지 모르는 일을 그 자동차란 놈이 오게되어 얼마나 날랜지 모르겠군! 자, 이제는 점심을 먹구 해야지! 자동차가 올려면 아직 두어 시간 걸릴 테니."

참봉은 일꾼들을 데리고 시골 국수집으로 들어갔다.

제각기 "빨리 주소!" 소리를 했다. 모두가 배가 고팠던 모양이다. 시골국수―고기도 없고 국수만 한 접시 주는 그것이 상에 그득하게 올려졌다. 저마다 한 그릇을 차지하고 허겁지겁 먹기 시작했다. 참봉은 먹지 않으려다가 그럴 수 없다는 듯이 두어저 들고는 놓았다. 일꾼들은 이런 때나 국수를 맘껏 먹어봐야겠다고 두어 그릇씩을 더 먹었다. 진억이는 세 그릇을 먹고도 세 그릇을 더 먹겠다고 버틴다. 배가 차지 않았다는 그들을 참봉도 차마 어찌 할 수 없어 세 그릇까지는 허락했던 것이다.

"아들 하나 공부 시키려했드니 땅까지 팔아야 하겠구면, 참!" 묻지도 않은 말에 참봉은 혼자 중얼거렸다. 그러나 아들 하나에 그 많은 곡식이면 그만일텐데 땅까지 팔아야 한다는 말은 왜 하는지 알 수 없다.

"아니 땅까지 팔다니요? 돈을 얼마씩이나 쓰기에."

"말 말게! 그놈이 일본엘 무엇하러 가서 그곳은 방값이 비싸다, 무엇이 필요하다 하며 한 달에 이백 원씩을 보내라네그려. 그러니 몇 집 살림살이에 그것이 쉽겠나? 참 야단이네. 그래서 여기 이 창고와 동네에 있는 창고 곡식을 다 팔아야 할 참이네!'

그래도 믿어지지 않는 말이었다. 아무리 꺼내어도 축나지 않게 쌓인 볏섬을 다 팔고도 땅까지 팔아야 겠다는 것은 아무래도 거짓말 같았다. 그러나 전 같으면 이렇게 이른 봄에 창고를 비게하지 않던 참봉이 금년만은 전부를 팔아치우려 하는데에는 의심도 갔다.

"둘째 첩이 사내애를 낳았으니 그집에 돈을 쌓아줄랴는게지." 이런 생각도 해보았으나 몇천 원을 준다고 해도 그렇게까지는 팔지 않아도 될 것 같았다.

해가 저물 때 그들은 창고를 떠났다. 창고의 벼를 다 꺼내려면 며칠이 더 걸릴지 알 수 없었다.

"어떻게 하면 저런 창고를 하나 가져볼까?' 그들은 이렇게 부러워하며 창고를 돌다 보았다. 저녁 햇살에 창고의 함석지붕은 금빛으로 번쩍거렸다.

출가出家

"또 최주사 집에서 편지가 왔구나! 이번에는 이자라도 물어야겠는데 어쩌면 좋으니?" 태은의 어머니는 편지 한 장을 들고 오며 마당에 벼락이라도 친 듯이 겁먹은 표정으로 말했다.

"벌써 세 번째가 아닌가? 만약 이번에도 안 내면 차압을 하겠다구하누나. 닭이라도 몇 마리 팔아야 하지 않겠나? 어찌해야 좋겠니, 응?"

"글쎄 이번에는 가만 있지 않을 것 같지만…… 그러나 요즘 한참 알을 낳는 닭을 어떻게 팝니까? 어데서 한 십 원 빚을 내다가 이자라도 물읍시다."

태은이는 근심하는 얼굴을 어머니에게 보이지 않으려고 노력했다. 그러나 그도 딱한 표정을 감출 수가 없었다. 비료를 사야 하고 사람을 사서 일을 하려면 쌀도 사야 하고 세금도 물어야 하고 이렇게 조금씩 조금씩 쓴 것이 삼십 원이 되어 이제는 이자만도 십 원이 넘었다. 그런 것을 갚지 않을 수도 없고 갚으려니 돈은 없고, 다만 있다면 이때까지 정성껏 알을 낳기 시작하고 있는 닭뿐이었다. 그러나 알을 모아서 그것을 까서 판다면 시일은 오래 걸릴지 몰라도 꽤 돈이 될 것 같았다. 그렇다고 독촉장을 세 번째나 받고 보니 그럴 수도 없는 것이다. 고리대금업자인 최주사는 냉혹하기로 유명했다. 한 번은 그의 사돈집에 빌려준 돈을 기일 내에 갚지 않는다고 그 집을 차압까지 한 그였다. 아무것도 없이 고리대금업으로 돈을 모은 그는 누구에게나 돈 한 푼 잃지 않았으며 돈을 받지 못할 경우에 받은 땅문서로 부동산도 착실히 불어났다. 그런데 원인 모를 불이 최주사의 집에 일어나 집 전부가 타버렸다. 누가 불을 질렀는지 아직도 범인을 잡지 못했으나 하여튼 빚진 사람의 소행이라는 것은 짐작할 수 있었다. 최주사의 돈을 물지 않은 사람은 누구나 조마조마하게 지내고 있다.

"그러면 어데 가서 또 돈을 취해 오겠니?" 한심한 듯이 어머니가 말했다.

"어디든지 가서 내어 와야지요! 어찌하겠습니까?"

"글쎄 이 전황한 때 누가 우리에게 빚을 주겠니? 남같이 땅이라도 있다면 문서라도 가지고 가겠지만……."

"땅이 있으면 남에게 빚은 왜 지겠소. 없기에 그러지……. 좌우간 어데 다녀보시소 그래!" 살림살이를 아직도 주관하는 어머니에게 모든 처리를 맡기는 듯이 말했다.

태은 어머니는 처음으로 김참봉네 집으로 갔으나 다른 집에서보다도 더 빨리 나왔다. 동네사람들에게는 일체 돈이라고는 빌려주지 않는 참봉의 성미를 잘 알지만 요사이 벼도 팔고 했으니 자기의 딱한 사정을 말하면 자기의 땅을 부쳐 먹는 그에게 조금이라도 줄 줄 알았던 그는 첫마디에 딱 잘라버리는데 두 번 다시 말을 꺼내지 못했다. 빚을 안 준다고 그 집 문에다 주문을 써 붙인들 무슨 소용이 있으며 돈이 없다고 하는 그들에게 사정을 한다고 무슨 딱한 수가 있겠는가. 그것은 태은이 어머니뿐 아니라 동네 사람들이 다 알고 있는 일이다.

태은이 어머니는 돈이 있음직한 집은 모두 다녀보았다. 그러나 이자를 주겠다고 해도 빚을 주는 사람은 하나도 없었다. 김참봉 말고도 동네에 돈 십 원이 없으련만 누구나 돈을 내어놓으려 하지 않았다. 손바닥만한 땅도 없는 태은이에게 돈을 빌려줄 사람이 어디 있겠는가?

나갈 때보다 걸음을 더 빨리하여 들어온 어머니는 나갈 때보다 더 급한 태도로 말했다.

"이것을 어찌한담, 이제는 꼭 집행(가차압)을 당하구야 마는구나! 어쩌면 좋으누?"

"그렇게 돈이 없습디까? 그러면 할 수 있나요. 닭이라도 몇 놈 팔아야지."

이 말을 하는 태은이는 사지에 맥이 풀렸다. 생명같이 바라보고 있던 닭을 그것도 요사이 판다는 것이 너무나 가슴이 쓰렸다. 조금만 더 두어두면 수백 마리가 될 것을 이제 팔면 이것도 저것도 아닌 것이 된다. 그러나 집달리가 오면 닭이고 무엇이고 전부가 없어지고 만다. 그러니 집행만은 피해야 한다.

"어머니! 내가 댓마리 내일 장에 가서 팔아올테니 한 오 원 먼저 받고 나머지는 늦은 봄에 가서 닭을 전부 팔아서 본금까지 물겠다고 하십시오."

"그럼 그러자…… 내 건넛동네에 갔다 오마." 숨이 조금 터지는지 한숨을 내쉬며 일어서서 그의 어머니는 최주사의 집으로 갔다.

다음날 태은이는 암탉 네 마리와 수탉 한 마리를 잡아서 망태에 넣어 가지고 장으로 갔다. 아무때라도 결국은 팔 것이지만 매일 알을 낳는 암탉과 모이를 줄 때마다 고개를 끄덕끄덕 하며 굴국굴국 하던 큰 수탉을 지금 팔기에는 너무나 아까웠다. 아깝다기보다는 지금 팔면 계획이 어긋나서 최주사의 빚도 갚지 못할 것이 걱정이었다. 그러나 차압이 눈앞에 닥쳤으니 어쩔 수가 있는가?

이왕 파는 것이니 그는 한 푼이라도 더 받으려 했다. 그러나 그의 닭이라고 더 줄 사람이 어디에 있겠는가? 암탉은 구십 전씩 받고 수탉은 육십 전에 팔 수밖에 없었다. 오 원도 못 되는 돈을 가지고 돌아오게 되니 최주사에게 말한 것도 갚아주지 못하게 된 것이 또 문제다. 동네에서는 팔십 전이 아니라 단돈 일 전이라도 빌리러 다니기가 싫었다. 그래서 다음날 한 마리를 더 가지고 가야 했다. 장이라면 한 곳에서는 닷새만에야 한 번씩 열린다. 그러니 가까운 장에 가려면 아직 나흘이나 남았으니 조금 먼 곳이나마 삼십 리 장을 가지 않을 수 없었다.

겨우 오 원을 마련하여 그것도 이자의 절반을 갚고 집행은 면했다. 돈이라고 한 번 쥐게 되면 그놈은 몇 시간도 못 되어 그 뿌리까지 뽑히고 마니 태은이로서는 맥이 풀릴 수밖에 없었다.

돈을 위해서 사는 인간 속에서 돈을 만져보지도 못하는 자기 같은 것은 아무런 가치도 희망도 없는 것 같았다.

"오늘은 몇 알이나 낳았나?" 하며 어떤 날 저녁 모이를 주려고 바가지에 수수를 담아 가지고 뜰에 나섰던 태은이는 깜짝 놀랐다. 구구 소리만 치면 꼬리를 뻗히고 죽을 듯이 따라오던 닭들이 모이 먹을 생각도 않고 눈껍질을 닫았다가 떴다가 할 뿐이었다. 고개를 길게 뽑으며 사람이 가도 피하지 않고 모이도 흙이 묻었는가 살피는 듯이 자세히 보며 한알 두알 쪼아 먹는 것이 태은이로 하여금 가슴을 써늘하게 하였다.

"병이 들었다! 닭들이 병이 들었어!" 그는 모이 바가지를 팽개치고 닭 한 마리를 잡아 보았다. 거친 숨소리라든가 진한 똥을 싸는 것이 분명히 병이었다.

"어머니! 닭이 병들었어요!" 애를 업고 방에서 물레질을 하던 어머니가 쫓아나왔다.

"무엇이 어째? 병이 들었다니!" 너무나 뜻하지 않았던 일이라 어머니도 놀라지 않을 수 없었다.

"이것 봐요! 어떻게 하지요? 큰일이 났습니다그려."

"참말 병이 들었어? 그래, 무슨 약을 써야 하니, 응?" 등에서 애가 우는지 그것도 돌아볼 경황이 없는 어머니였다.

"젓을 가져와요, 빨리!" 닭 병에는 젓이 제일이라는 말을 생각한 태은이가 고함을 쳤다. 그러나 벌써 한 놈은 그의 손에서 아주 눈을 감고 말았다.

태은이는 울고 싶었다. 아버지가 죽었을 때보다 더 큰 소리로 울고 싶었다.

고함을 치고 덤비던 태은이와 그의 어머니는 아무 말도 못했다. 참으로 그들의 눈에서는 눈물이 나려고 했다.

"다른 닭들은 어떻니?" 죽어가는 사람의 말 같은 어머니의 말이다. 그러나 태은이는 대답도 못했다.

"저것들이 다 죽으면 어찌한단 말인가?" 이렇게 혼자 생각할 수밖에 없었다.

닭들을 전부 불러서 닭장에 가두고 한 놈씩 잡아서 새우젓을 먹였다. 그리고는 불을 켜 가지고 닭장 옆에서 밤을 새우려고 했다. "쿳특" 하고 닭들이 딸국질을 할 때마다 정신을 가다듬어 닭들을 살펴보았다. 밤이 늦도록 그곳에 서 있다가 그래야 소용이 없다는 것을 안 그는 방으로 들어왔으나 도무지 잠들 수가 없었다. 한참 있다가 다시 나갔다. 다시 나갈 때마다 이번까지 죽지 않았다면 이젠 괜찮겠지 하면서도 얼마 되지 않아 다시 나가지 않고는 견디지 못했다.

태은이가 나갔다 들어올 때마다 죽은 닭이 없느냐고 묻는 그의 어머니도 한참을 못 이룬 모양이었다.

날이 밝을 무렵 다시 들어온 태은이는 다시는 나갈 생각이 없는 듯이 이불을 푹 쓰고 누웠다. 그의 어머니의 말에 대답도 않았다. 그의 어머니는 무슨 일이 일어났는가 하고 나가 보고야 알았다.

몇 마리가 횃대에서 떨어져 있었다. 얼마 되지 않아 높은 횃대에서부터 다시 떨어지는 소리가 또 들리었다.

닭의 목숨이 끊어질 때마다 그들의 가슴은 찢어지는 듯했다. 태은이는 아침 먹을 생각도 않고 누워서 긴 한숨만 짓고 있었다. 그의 어머니도 같은 심정이었으나 그를 위로하여 주었다.

"얘야, 나는 육십 평생을 이런 살림살이를 해왔다. 너의 아버지가 죽구 네가 어렸을 적에 내 마음은 어떠했겠니? 그러나 아직까지 살아왔다. 이런 것을 가지고 그렇게 밥도 안 먹어서야 되겠니? 일어나 밥이나 먹어라. 그래도 죽기야 하겠니?" 진정에서 나온 어머니의 말이었다. 그러나 그의 마음이 자기 남편이 죽었을 때보다 덜 아프지 않을 것을 태은이도 짐작했다.

그들은 삼 년 전부터 닭 기르기를 생각했다. 그것이 큰 돈이야 되련만 빚이나 갚으려고 한 것이다. 그들은 금년 봄까지 삼십 마리의 닭을 만들어 놓았다.

이 봄에는 좀더 깨우면 빚을 갚고도 금년 농사하기까지는 용돈을 넉넉히 쓰리라고 생각했다. 가을까지 먹을 것도 그 속에 예산을 정했고 논의 비료 값도 그 속에서 빼내려고 하였다. 그래서 그의 어머니는 닭을 위해서 살았다. 닭이 알을 낳으면 그것을 가지고 사흘 만에 한 번씩 장에 가서 팔아 모이를 사오는 것이었다. 알을 많이 낳으면 보리 대신에 수수나 밀을 사다주었다. 봄에 알을 깨우기 전까지는 그 속에서 한 푼도 빼어 먹지 않으려고 했다.

삼십 마리의 닭을 잘 먹여야만 그만큼 알을 더 낳고 그래야 그것을 팔아 모이를 한 됫박이라도 더 살 수 있는 것이었다.

태은이 어머니는 눈이 올 때나 비가 내릴 때도 늙은 몸으로 수십리 길을 고생 고생하며 걸어야 했다.

어떤 때는 삵(산짐승)이 돌아다니며 닭을 잡아먹는다고 해서 닭장에다 밤새껏 불을 켜놓기도 했다.

그들은 닭을 위하여 모든 정성을 다했다. 동네 사람들은 그렇게 많이 치면서 왜 닭고기도 못 먹느냐고 말을 하나 그들은 그런 생각은 꿈에도 하지 못했다.

양식이 없는 그들이 살아갈 단 하나의 수단이었다. 그런데 그 닭들이 죽어버렸다. 차라리 어린것이 죽고 닭이 살았다면 태은이가 그리 속이 아프지 않았을 것이다. 속이 아픈 것은 물론이고 앞일이 캄캄했다.

"빚은 무엇으로 갚고 이 봄은 어떻게 살아갈까? 이때까지도 김참봉의 보리감자로 근근이 연명해왔는데……."

그는 숨이 콱 막히는 것 같았다.

그러나 터밭에 닭이 들어가면 곡식이 안 된다고 일부러 병든 닭을 사다가 닭병을 전염시킨 김창봉네의 계획적인 행동을 알려고 하지 안았다.

"얘, 어서 일어나 밥이나 먹어라."

그의 어머니는 조용한 소리로 말했다. 그러나 태은이는 그 말에는 대꾸도 않고 이불 속에서 혼자 중얼거렸다.

"아무래도 여기서는 못 살겠다. 어데로나 떠나야지!"

공장에서

"내가 농부인데 그것을 못하겠습니까?"

"그래도 할 것 같지 않은데……. 공연이 그러다가 몸을 다치면 어찌할래요?"

"그럴 리가 있겠습니까? 부쳐만 주십시요"

"그럴테면 해봐도 괜찮어!"

태은이는 겸이포 제련소의 한 직공이 되었다.

그것은 태은이가 집을 떠난 그 다음날의 일이다.

실업자가 많은 세상이라 일자리 얻기가 상당히 힘들 줄 알았던 것이 찾아온 그날로 일을 하게 되니 집을 떠나온 것이 후회되지가 않았다. 까만 집들이 산처럼 솟아 있으며 굴뚝들이 하늘을 찌를 듯이 올라간 것을 볼 때 시골 기와집만을 가장 크게 보던 그로서는 우선 놀라지 않을 수 없었다. 기계 소리, 기차 소리, 배에서 석탄 퍼내는 소리, 싸이렌 소리는 그의 귀를 어지럽게 하였다. 공장에서 일자리를 얻었으나 무엇을 해야 할지 무엇이 무엇인지 구별할 수 없었다. 칠팔백 명이 일한다는 곳이지만 한눈에는 열 명도 보이지 않는 것으로 공장이 얼마나 큰지를 알 수 있었다. 모든 것이 놀라운 것밖에 없었다. 세멘트로 만든 키 큰 굴뚝이 스물넷이나 되니 공장을 지어놓은 사람은 돈이 얼마나 많을까? 몇 마리 닭의 죽음으로 쫓겨온 자신을 생각할 때 자기가 슬퍼질 뿐이었다.

그는 처음에 석탄을 배에서 퍼내는 일을 했다. 지게를 지고 석탄을 옮기는 것이 그다지 힘들지 않았다. 새벽부터 어두울 때까지 일을 하던 그로서는 하루에 열아문 시간 일하는 것이 도리어 편한 듯 했다. 그리고도 하루에 육십 전씩을 받으니 십 전짜리 밥을 세 때 사 먹는다 해도 돈이 남는다. 집을 떠나온 것이 다행스럽게 생각되지 않을 수 없었다.

(이런 것을 모르고 촌에서 고생만 했구나.) 자기의 가족까지 빨리 데리고 와야겠다고 생각했다. 그래서 그는 자기 어머니에게 편지를 썼다.

어머님! 얼마나 근심을 하시고 계십니까? 어데 가서 굶지나 않을까 하고 밤잠을 주무시지 못할까 하여 지금 붓을 듭니다.

나는 그날 이곳까지 걸어왔습니다. 내내 고무신을 끌고 왔더니 복사뼈 있는 곳에서 피가 나고 발이 조금 부르텄으나 지금은 조금도 아픈 줄을 모르겠습니다. 저녁에 주인을 잡고 저녁밥을 먹기는 했으나 밥벌이를 못하면 어떻게 할까 하는 생각이 적지 않았습니다. 그러나 오늘 나는 일을 시작했습니다.

어머니! 하루에 육십 전씩 받습니다. 밥값은 삼십 전씩인데 얼마 안 있으면 최주사의 돈을 다 물 것 같습니다. 그리고는 어머니와 집사람도 이곳으로 오게 하겠습니다. 참으로 여기가 사람 사는 곳 같습니다. 애들도 잘 노는지요?

그는 우울하던 생각을 털어버릴 수 있었고 그 대신 기쁜 마음만이 가슴 가득했다. 그는 성순이도 기순이도 모두 오게 하고 싶었다.

하루 일을 마치고 돌아온 그는 주인에게 일자리를 얻었다는 것을 말했다. 주인도 마음이 놓이는 듯이 쉽게 일자리를 얻은 것을 기뻐해주었다. 이렇게 일하러 와서 밥을 사 먹고 있다가 일을 잡지 못해 밥값을 떼어먹고 달아나는 경우를 경험한 식주인은 억제나 첫번 손님을 달가와하지 않았다.

그러나 일자리를 얻기만 하면 밥값을 받을 수 있다는 것이 명확하기 때문에 대개는 공장에서 사람을 쓸 것을 알고 나서야 객을 붙이는 것이었다.

태은이는 하루의 밥을 돈 없이 먹었기 때문에 주인의 걱정을 빨리 덜어주기 위해서라도 취직된 것을 곧 말했던 것이다. 그리고 자기도 하숙방에 누워 있기가 마음 놓이며 잠을 자도 발을 뻗고 잘 수 있을 것 같았다.

"이 전깃불을 보아라! 이것이 어데로 와서 불이 붙노?" 그는 전깃불이 밝다는 것만은 들었으나 아직 보지는 못했던 만큼 경탄하여 하는 말이었다. 그는 호롱불이나마 오래 켜본 적이 없었으며 불을 켠다고해도 석유가 없어질까 하여 금세 꺼버리곤 했다.

밤새도록 켜 두어도 괜찮으며 조금도 어두워지지 않는그 불을 볼 때마다 참으로 밝은 세상도 있었구나 하는 생각을 하였다. 이런 곳에서 사는 사람은 하루를 살다가 죽어도 기쁘리라고까지 생각했다.

그는 밝은 전깃불 아래서 조금씩 쑤시는 자기의 다리를 보았다. 몇 군데나 물집이 생기고 복사뼈 옆에는 가죽이 벗겨져 누런 물과 피가 흐르고 있었다. 잘 맞지도 않는 고무신을 끌고 백여 리는 걸어온 덕택이었다. 그런데 껍질이 벗겨지고 피가 나오며 쓰리고 아픈 것이 금방 아물지 않을 것 같았다. 그뿐인가, 점점 부어 오르는 데는 놀라지 않을 수 없었다.

그러나 "이까짓 것이야 아무러면 어때!" 하며 대수롭지 않게 생각했다.

그 다리가 나을 줄을 몰라서 태은이는 조금씩 절면서 일터로 가곤 했다. 배에서 석탄을 지고 가느다란 나무를 지나 땅 위로 나오는 그는 나무다리를 건널 때마다 겁이 났다. 이 상처가 그냥 돋히면 어찌할까 하고 발을 생각할 때마다 근심이 커갔다.

석탄 나르기는 그만 하고 그는 가다기(쇠뭉치와 같은 것)를 메어 옮기는 일을 하기 시작했다. 가다기 한 개는 팔구십 근이나 되는 것으로 밖에서 하는 일 중 가장 힘든 일이어서 돈도 가장 많이 받는 일이었다. 그는 힘이 드는 것도 생각지 않고 다만 돈을 많이 벌어 어머니에게 부쳐줄 마음뿐이었다. 집을 떠나와서 얼마도 못 되어 집에 돈을 보낸다면 동네 사람들의 칭찬도 크려니와 어머니, 아내, 아이들이 먹고 살 것이 무엇보다도 기뻤다. 그래서 일을 할 때에는 남보다 더 열심히 해주고 싶었다. 어깨가 부어오르고 아팠으나 그는 꾹 참고 일을 했다.

"이놈아, 일을 좀 잘해!"

그는 힘을 다해서 하나 옆에서 보고 있던 감독이 이런 말을 할 때에는 칭찬해주리라 생각했던 마음에 무척 서운한 생각이 들었다. 자기는 지금까지 남의 일을 해왔으나 잘못한다는 소리를 듣지 않았다. 맥이 풀리리 만큼 마음이 상했다. 힘이 있으면서도 안 한다면 더 잘하라고 해도 괜찮겠지만 있는 힘을 다해서 하는데도 그런 말을 듣자 그의 열이 죽어졌다. 그러나 그는 언제나 남의 일은 성심껏 해주어야 한다는 생각을 갖고 있었기 때문에 부지런히 일을 했다.

"이놈아, 그것이 무슨 일이야!" 하는 감독의 고함과 함께 그의 커다란 손이 태은의 얼굴에 철썩 소리와 함께 닿을 때 그는 정신이 아득했다.

"그러다가 그것이 부러지면 어찌할테냐?"

가다기를 조금 힘껏 내려 놓았기 때문이다.

그는 눈물이 빙그르 돌았다. 그것이 그다지 아프기야 했으련만 너무나 억울했기 때문이다. 자기처럼 열심히 일을 해줄 이가 누가 있으며 자기처럼 착실한 마음으로 일해주는 이가 어데 있을까? 그러나 그는 뺨을 맞았다. 이때까지 남보다 한 개라도 더 많이 옮겨다 준 것이 후회가 될 만큼 마음이 아팠다.

그는 하숙에 돌아와서도 견딜 수가 없을 만큼 가슴이 울렁거렸다.

이런 일을 어머니가 보았다면 얼마나 괴로워할까 생각하니 더욱 서러웠다.

집을 떠나지 않았으면 이런 매는 맞지 않았을 것이라 생각하며 그는 울었다. 그의 아픈 다리는 혹처럼 부어올랐다.

"에라, 집으로 가고 말까!"

그는 집으로 돌아가고 싶은 생각이 났다.

"당신은 아직 그런 것을 처음 당하는 것 같소. 뺨이나 맞는 것은 매일 일어나는 일이지만 풍덩풍덩 강물에 빠지는 사람이 드문드문 생긴다우. 오죽하면 강물에 빠져 죽을라구 하겠소? 그러지 말구 어서 일어나 하시오. 또 당신은 처음 왔고 동무가 없으니 허술하게 보고 그럴 테니까 어느 조합 같은 데라도 들지요. 그럼 조금 날 거요." 주인이 위로하며 해주는 말이다. 참으로 분하지만 그 죽은 사람들도 감독에게 뺨이나 맞고 죽은 것일까 하고 생각해보았다.

그는 집 생각이 났다. 동시에 장차 무엇을 하며 무엇을 먹고 살까 하는 생각이 머리를 무겁게 했다. 그사이 가족들은 죽지 않고 살아 있는지? 살아 있다면 무엇을 먹고 사는지? 그들에게 누가 먹을 것을 줄까? 어서 빨리 일을 해서 다만 얼마라도 보내줘야 할 텐데…….

그는 어머니의 죽음, 아내의 애소, 자식들의 울음소리가 들리는 것 같았다.

첫날의 기쁨은 꼬리를 감추고 설움이 가슴에 차온다.

그가 온 지도 한 달이 지났다. 그 사이에 몇 번이나 울고 싶은 마음으로 하늘을 쳐다보았으며 시퍼런 강물을 부러운 눈으로 바라보았던가?

돈을 받아 쥔 그날 그는 농사보다 나은 것이 그다지 없다는 것을 깨달았다.

삼십여 일 동안에 일한 날이 보름밖에 되지 않았다. 그 돈으로는 옷한 벌 사 입지 못하고 식주인에게 송두리째 넘겨주어야 했다. 한 달 전눈이 내리던 날 입던 옷을 석탄 칠을 한 그대로 입어야 하니 기가 막히지 않을 수가 없었다. 집에 있으면 그래도 때를 맞춰 잠방적삼을 입었을 것을 아직도 솜옷 그대로 입으려니 집 생각이 간절했다. 그러나 자기만이 아니라 거의가 그런 것을 볼 때 그곳에서는 그리 부끄럽지도 않았다.

일급日給이어서 매일 일을 하는 것이 아니라 하던 일이 끝나면 또 다른 일이 생기기를 기다리고 다른 일을 다 하면 또 무슨 일이 있어야 돈벌이를 할 수가 있는 것이다. 그래서 누구나 할 것 없이 이 공장에서일하는 사람은 누구나 일하는 날보다 쉬는 날이 더 많았다. 이렇게 된태은이가 돈을 보내주겠다던 집에다 무엇이라고 편지를 쓰겠는가? 그는 갈 수도 올 수도 없었다. 이제 맨손으로 집을 찾아간다 해도 거기에일이 있을 리 없을 것이며 그렇다고 해서 그냥 이곳에 있기도 괴로운일이었다. 생각하면 집으로 갈 수는 더욱 없었다. 가면 동네 사람들이 무엇이라 말을 할 것인가? 그보다도 맨 먼저 찾아올 최주사가 두려웠다. 최주사는 이미 소작할 땅도 빼앗았을 것이다.

"태은이, 가세! 우리라구 놀지 못하겠나?" 그곳에서 의형제로 사귄 친구가 찾아왔다. 그러나 밥값으로 있던 돈을 다 치루어준 태은이는 친구와 함께 나서기가 마음 내키지 않았다. 그와 나가게만 되면 형제판(노동자들이 형제를 삼아 여러 사람이 한 판이 되는 것)으로 가지 않으면 안 되며 그곳에 갈려면 적어도 몇 푼은 가져야 되기 때문이다. 그러나 자꾸 끄는 바람에 태은은 마지못해 나갔다.

"에익! 모르겠다, 되는 대로 살자!" 태은이는 한숨과 함께 말했다.

담백하고 술, 담배를 모르던 태은이가 한 잔을 마시고 밤에 눕자 세상이 핑핑 도는 것 같았다.

"이것이 공장에서 사는 살림살인가?"

그는 술김에 웃어도 보았고 어쩔해서 눈을 감아도 보았다.

"무얼 그래? 빨리 일어나 한잔 더해야지!" 친구가 누워 있는 태은의 손목을 잡아끌며 술을 권했다.

"아니, 못먹겠다. ……나만은 그만두자."

그는 정신을 잃었다. 그의 머리에는 그놈의 닭들이 죽지만 않았다면 지금쯤은 모가 시퍼렇게 자라는 논밭의 곡식에 김을 매겠구나 하는 생각이 떠오르는 동시에 매일 돌아다니던 들이 눈앞에 떠올랐다.

조밭

　새벽과 저녁 외에는 산산한 기운을 느낄 수 없을 만큼 날씨가 따뜻해졌다. 진달래 봉오리가 붉어지고 양지 쪽에는 푸릇푸릇한 새싹이 돋아났다. 얼음 녹은 물은 졸졸 흘러 논으로 들어가며, 아지랑이는 먼 산의 골짜기에서 아롱거렸다.

　"금년에는 아지랑이가 많이 끼니 흉년이 들려는 게 아닌가?" 첫 봄의 아지랑이를 본 시골 사람들이 하는 말대로 성순이도 이렇게 말했다.

　그리고는 "작년 겨울에는 눈이 많이 내려 풍년이 될 것 같던데……." 조씨를 뿌리던 손을 잠시 멈추고 자기 마누라에게 동의를 구하듯 말했다.

　씨 뿌린 이랑을 밟으며 걸어오던 진심도 과연 금년이 풍년일까 흉년일까 생각해보았다. 이런 것을 보면 풍년이 될 것 같고 저런 것을 보면 흉년이 될 것 같기도 해서 무엇이라 대답을 할지 몰랐다.

　"풍년이 져야지…… 흉년까지 들면 살 수가 있나요?"

　"그야 물론이지. 흉년만 들면 우리두 태은이네와 같이 될 거야. 우리만인가? 이 동네에서만두 많은 사람들이 다 그렇게 되겠지. 진억이네, 경화네 모두 그렇지……."

　"그래두 그렇게야 될라구요?"

　"그래두라니? 태은네는 우리만 못한 것이 있었나? 우리야 요 조밭 하나 더 있다뿐이지, 이까짓거야 흉년만 들면 어데루 도망갈지 모를 것인데……."

"그래두 그렇게까지 말할 것 있소?"

봄은 그들에게 희망을 준다기보다는 괴로움을 주었다. 비참한 앞날이 기뻐할 수 있는 희망보다 몇 배나 컸으며 흉년이 들 근심이 풍년될 즐거움보다 수십 배나 되어 불안이 더 컸다.

"벌써 이렇게 따스하니 풍년 들 것도 같은데……. 하늘의 일을 누가 알 수가 있어야지."

"금년에는 땅도 길게 세루만 터졌는데 풍년이 안 들겠어요?"

"그래두 금년에는 송충이가 너무 끓어서 어데 시절이 박할 것만 같애!"

"두구 봐야 알지요. 누가 압니까? 흉년만 안 되면 풍년이 되겠지요."

"그럴 줄을 누가 모르나? 그래두 흉년질 것두 같구 풍년질 것두 같애서 하는 말이지."

그들에게는 자기의 것이라고 오직 조밭 하나만이 있었지만 그래도 땅을 파 먹고 사는 사람이 어찌 풍년을 기다리지 않겠는가?

쌀을 한 톨이라도 더 많이 거둬야 그만큼 오래 연명할 수 있기 때문이다.

성순의 처, 진심은 한참 동안 발로 이랑을 메우며 따라 오다가 잠시 후 밭이랑 위에 힘없이 앉아버렸다. 별다른 기색이 없었으나 말없이 앉아 있는 것을 보자 성순이 말했다.

"빨리 밟구 안발작(두 번째 꽁꽁 밟는 것)까지 하구 들어가야지! 어쩔려구 쉬기만 하노."

"허리가 아퍼서 그래요." 진심은 맥없이 대답하고는 소리나게 두어 번 허리를 치며 일어났다.

"이 여름을 또 어찌 지내노! 그저 죽어버리기나 했으면 좋겠다." 진심이 혼잣말로 중얼거렸으나 성순은 못 들은 척했다.

"좀 쉬자! 천천히 해야지 그러다가 큰일이 나면 되나!"

"큰일은 무슨 큰일이오? 죽기밖에 더 하겠소?" 발로 종자를 묻어가는 진심의 이 말에 성순은 마음이 편하지 않았다. 몸이 허약해서 일할 때가 되면 죽을 듯이 허덕이며 그러면서도 남만큼 하려고 기를 쓰는 그의 얼굴에는 언제나 기운이 없었다.

봄만 오면 사형선고가 가까워 오는 듯 낙심을 하며 그 한해를 보낼 근심에 얼굴을 펴지 못하는 것이다.

"쉬어가며 해요!" 성순이가 거듭 말했다. 그러다가 아내가 병이 나서 죽기라도 하면 큰일이 아닌가? 더구나 임신 중인 마누라가 너무 과하게 일을 하다가 태아胎兒까지 상하면 큰일인 것이다. 돈이 없어서 남보다 몇 해 늦게 장가를 들었고 아내는 자기보다 육칠 년이나 아래였다. 몇 해를 두고 준비를 하다가 겨우 든 장가였다. 그로서 만약 진심이가 죽는다면 장가는 평생 다시 들지 못할 것이며 장가를 다시 간다고 하더라도 잔치는 엄두도 내지 못할 일이었다.

돈 없는 사람에게는 딸을 주지도 않을 것이며 설사 준다고 해도 색시 집에 얼마의 돈을 주어야 하고 옷감이나 잔치돈을 어느 정도 준비해야 한다. 그런 돈을 준비하지 않고서는 남의 딸을 달라고 말할 수가 없기 때문이다. 이런 돈이 없는 사람은 죽을 때까지 장가라는 것은 꿈에서나 생각할 수밖에 없다. 진심과 결혼할 때도 그의 아버지와 그가 몇 해 동안 애써가며 얼마를 준비했다. 그것을 한 푼도 남기지 않고 썼던 것이다.

동네 경화景化도 한 번 색시를 죽여버리더니 사 년이 지나도록 아직 장가를 들지 못했으며 지금도 장가 갈 생각도 못하고 있는 것을 매일 보고 있다.

허리를 구부리고 아장아장 일하다가 허리를 툭툭치는 진심을 볼 때 성순은 아내가 애처롭게 생각되었다. 저것이 죽는다면…… 아니 내가 왜 이런 생각을 하나……. 그는 여러 가지로 두루두루 생각했으나 결국은 진심만이 불쌍하게 생각되었다.

"왜 여기다가 마늘을 심게 했소? 길가에다 심으면 무엇이 남겠다구. 길가가 아니라도 애들이 뽑아 가는데……." 갈라다 비어 놓은 빈자리에 가서 물끄러미 눈을 돌리다가 아내가 말했다.

"글쎄, 아버지가 그렇게 하라고 하시니 어찌하노?" 진심의 마음을 조금이라도 다치지 않게 하려고 성순은 조심스럽게 대답했다.

"그리구 언제 아버지가 돌아가실지 알겠소? 그런데 찹쌀도 조금 심어야 할 것을 수수나 심어서 무엇합니까? 글쎄 생각해봐요." 진심의 신경이 상당히 날카로와진 것 같았다.

"그도 그래! 그러나 아버지가 자기가 죽을 걸 생각하구 그렇게 하라구 해야지. 만약 우리가 그것을 심으면 자기를 죽으라는 뜻이라고 야단하겠으니 어찌하겠소?"

진심의 마음을 거스리지 않으려는 성순은 말씨까지도 훨씬 부드럽게 했다.

"당신두 알지 않소? 우리 마음대루 무엇을 할 수가 있소?"

"그래두 우리가 할 것은 우리가 해야지, 그러다가 그냥 늙은 아버지가 덜컥 돌아가시면 어찌합니까? 글쎄……." 어디까지나 신경질이었다.

"모밀이나 녹두도 심을 곳을 좀 남겨두지 않구 정월 명절과 보름 명절은 어떻게 지내려우?"

명절이라고 남들처럼 지내보지 못한 그이지만 명절을 맞을 때마다 남들은 떡과 전을 부쳐 먹는데 자기네만 못 해먹고 우두커니 있게 되는 것이 부끄러웠던 성순이었다.

"여보, 여기 이 땅이 얼마나 넓다고 이것저것을 다 심겠소? 조금 심어도 두서너 섬이 고작인데 다른 것을 심으면 밥을 먹을 수가 없지 않소? 땅이 많으면야 말하기 전에 모두 심었을 것 아니요?" 땅이 너 마지기도 못 되는 것을 잘 알면서도 아내가 여러 말하는 것을 보고 그런 말은 다시 못하게 했다.

"벌써 조밭을 하나? 우리는 아직 땅을 갈지도 않았는데……." 지나가던 경화가 밭머리에서 말했다.

"벌써라니, 곡우穀雨가 며칠 남았나? 그리고 날씨가 이렇게 따스한데야……."

경화는 모이를 쪼아 먹는 비둘기 같은 그들을 부러운 듯이 몇 번씩, 몇 번씩 돌아보다가 동네로 들어갔다.

성순이도 씨를 다 뿌리고 종자를 발로 묻기 시작했다. 흙만 내려다

보며 이랑을 따라 걸어가는 것이었다. 한 이랑을 다 하면 다음 이랑으로 걸어간다.

앞서고 뒤떨어지고 하며 그들은 씨 뿌린 이랑을 잘근잘근 밟으며 나갔다.

"내일은 또 감자장사라도 나가야겠는데 허리가 이렇게 아파서 어떻게 하나?"

"아픈데 어데를 가겠소?"

"안 가면 무얼 하우? 집에서 그저 놀기만 하게?"

"그래두!"

제각기 말하기를 힘들어했다. 내일은 먹을 것이 걱정이니 안 갈 수도 없는 노릇이고 몸이 불편하다는 사람을 가라고도 할 수 없는 그들이었다.

그때 얌전이 어머니가 빈 광주리를 이고 온다.

"오늘도 장에 갔댔소?" 얌전의 어머니를 보며 느리게 걸어가던 진심이가 물었다.

"오늘두 XX장에 갔댔소. 잘 팔리지두 않습디다."

"그런데 왜 벌써 옵니까? 요즘두 꽤 팔리는 게지요?"

"잘이 뭐요? 팔리지 않아서 남겨가지고 오다가 길가에 있는 집마다 다니며 겨우 팔았다우." 밭머리에서 아픈 다리를 쉬는 듯이 걸음을 멈추며 얌전이 어머니가 말했다.

"나두 내일부터 가볼까 하는데 같이 갑시다."

"아이구 참, 요사이 같이 분주해서야 살 수 있소? 더구나 틈틈이 이

짓을 할려니 그래도 밧튼골집 아우님은(집 이름과 성순이를 말함) 벌써 조밭까지 해놓았으니 이제는 좀 한가하겠군."

"한가가 다 뭐예요? 언제 한가한 때 보구 죽겠소?" 이런 말을 하는 진심에게 성순은 아무 말도 할 수가 없었다. 사실은 언제 틈이 있어 놀아볼 때가 있겠는가마는 이때에 그 말만은 자기에게 들으라고 하는 것 같았다.

얌전이 어머니는 갔다. 해는 거의 져서 붉은 낙조가 서편 하늘에 걸려 있었다. 싸늘한 바람이 이른 봄을 느끼도록 옷깃 사이로 스며들었다. 한 마리 흰 나비가 팔락팔락 날아갔다. 천천히 날아가는 것 같았으나 저녁 바람에 펄럭이는 날개가 집으로 돌아갈 길을 서두는 것 같았다. 동네에서 송아지 울음소리가 들렸다. 송아지는 헤어진 어미를 그리워 하는 듯이 구슬프게 운다.

"아니, 어데를 이제 가십니까?"

동네에서 보따리를 이고 나오는 태은의 어머니를 보고 진심이가 말했다.

"아침에라두 떠나시지 다 어두웠는데 어찌 가시려우?"

"그러나 어찌하니?" 하소하듯이 대답했다.

"어데를 가시는데요?" 성순이도 놀란 듯이 물었다.

"태은이에게서 아무 소식이 없나요?"

"가서 처음에는 돈을 잘 번다구 편지가 오더니만 벌써 그때가 달반이나 되었는데두 아무 편지가 없네그려. 아마 그곳에두 있지 않는 것 같아!"

"거참! 태은이두……. 돈을 못 벌어두 편지는 있음직한데. 그러나 이제 가면 어데를 가겠소?"

"그럼 어떻게 하겠나? 그집에서는 나가야겠으니까 자네도 가보면 알겠지만 문마다 못질을 하고 뒤지(옷장)마다 판대기를 댔다네."

"예? 그런……. 그렇게 몰인정하단 말인가요?"

"애 어머니는 어데루 갔나요?" 진심이 말했다.

"걔야 그래두 제 집이 있으니 제 집으루 애들은 데리구 갔지. 너희들은 벌써 조밭을 하구……." 그는 말끝을 못 맺고 눈물로 마물었다.

떠나가 있는 아들인들 얼마나 보고 싶을 것이며 이 동네에 남아서 사는 사람들이 얼마나 부러웠을 것인가?

성순이 부부도 한참 동안은 서로 말도 못하고 눈시울을 적셨다.

"우리는 그래두 조밭 하나가 있어서 조두 콩두 강냉이두 수수두 마늘두 심어 먹지 않소? 이것마저 없었다면 우리두 저렇게 되었을 것이 아니요" 이렇게 말하며 멀리 산길로 사라져가는 태은이 어머니를 바라보면서 성순이 부부는 집으로 돌아왔다.

(이하 호세편 전부 삭제 당함)

치도治道

"아니 요새는 조밭도 한 벌 매어야 하구 짬만 있으면 보리밭의 풀도 뽑아야 하지 않니? 너의 처는 돌아왔니? 너두 일을 해야지, 응?"

집 안에 누워 있던 아버지가 고함을 쳤다.

"아니, 누가 일을 안 하구 놉니까?"

"그럼 요새 한 것이 무엇이냐? 대봐라!"

"요즘 집에서 밥을 안 먹는 것 알지 않아요? 참봉네 집에 가서 일을 해주구 있어요. 이런 때 일자루나 해줘야 땅두 부쳐 먹구 또 요새 같은 때 밥 한끼가 어디예요. 놀구만 있다구 하시면 어떻게 하지요? 아니 열 살두 아닌데……." 통 대답도 아니 하던 성순이가 전과는 딴판으로 말대꾸를 했다.

"그래 놀지 않았으면 그렇게 말하기냐? 그게 무슨 말버릇이냐, 응? 이 고약한 놈 같으니! 그래두 지 애비보구……." 벌떡 일어나 앉으며 밖에서 일하고 있는 성순에게 달려들 듯이 덤볐다. 성순이는 산에서 해온 장작을 짜개면서 못 들은 체 하고 있었다. 이런 때 한 마디를 하면 돌이라도 들고 죽이려고 할 아버지의 성질을 잘 알고 있는 그였다. 아버지가 혼자 투덜거렸다.

"내일은 조밭 김을 매라! 안 맬려면 그만들 나가구 말어! 꼴두 보기 싫다." 그들이 나간다면 제일 먼저 굶어 죽을 사람이 자기일 것을 모르는 바 아니지만 성이 나면 언제나 이런 말을 하곤 하였다.

"내일은 청결(청소)이예요. 모레 매지요."

"청결은 다 뭐냐? 분주할 때 청결을 하면 일이 더 잘되나……. 난 청결을 모르구 살았어두 이만큼 늙었다."

"그러나 하라는 것은 해야지요. 내일엔 순사가 올 텐데……."

"애, 모르겠다. 맘대로 해라. 나야 언제 죽을지 알겠니? 까짓 것……."

성순이도 모두가 귀찮았다. 할 만큼 했고 그런데도 마음만 상하게 하는 아버지는 차라리 빨리 돌아가시기나 했으면 하고도 생각했다.

낮추어 달라고 그렇게 청했지만 그놈의 호세도 면서기들의 출장으로 돈을 취해다가 고스란히 주고 말았다. 그 돈값으로 일을 몇 자루나 해주어야 하며 내년에도 그 호세를 또 그렇게 물어야 할 것을 생각하니 그의 마음은 어둡기만 했다.

가장 분주한 때가 가까워 온다. 벌써 사월 스무날이다. 얼마 안 있어 모도 심어야 하며 조밭을 세벌 네벌까지 매어야 할 때다. 그러나 당장 먹을 것이 없으니 쌀을 꾸어다가 먹을 수밖에 없다. 가을에 갚아줄 것은 다음 문제다. 당장 먹고 일을 해야겠으니 할 수 없는 일이다.

이리 저리 생각해도 답답한 것밖에 없는 성순은 어디로 도망이라도 치고 싶었다. 집을 잊고 혼자 떠돌아다니면 아무 근심도 없을 것 같았다. 그러나 그것은 그로서는 못할 일이었다.

"요새는 보리밥이라두 우리 것을 먹으니 목구멍에 걸리지 않고 잘 넘어가는 듯하다." 다음날 아침 바가지에 담은 보리밥 덩이를 먹던 아버지의 말이다.

"그렇구 말구요. 제 것이 있어야 마음두 편하지요. 나는 요새 곤한 줄두 모르겠어요. 여름에두 팔리기만 하면 이 장사 그냥 하겠는데……." 숟가락으로 밥을 입에 넣으며 진심이가 말했다.

(이하 이면 삭제 당함)

"말이 다니구 곡식이 들어오는 저 앞길은 백 년을 가야 한 번두 고친 다는 말두 아니하구……." 순환이가 성순에게 이렇게 대답할 때 멀리 서부터 자동차 한 대가 뿡뿡 거리며 다가왔다.

"자동차 봐라! 빨리 비키자! 쳐 죽으면 되나……."

덤비는 사람 가운데서 이런 소리가 나왔다.

언덕 위에 올라 선 사람들은 입을 벌리고 먼지를 먹으면서도 자동차 안에 있는 사람만 보려고 했다.

"야! 메가네쟁이(안경잽이)가 탔구나!"

"저런 놈을 한번 타구 어데를 갔다왔으면……."

"저거 한 대에 얼마나 할까?"

이런 이야기 저런 이야기가 여기 저기서 터져 나왔다. 자동차라고는 구경도 못한 동네 아이들이 길가로 몰려 나왔다.

"그 자동차 어데 갔니, 응?" 자동차를 보려고 나왔던 아이들이 말했다.

"이눔아, 벌써 가두 천 리나 갔겠다. 이제야 나왔니?" 어른 하나가 먼지가 부옇게 일어난 곳을 쳐다 보며 대답했다.

"야! 이제는 우리 동네 앞으로두 자동차가 다니누나…… 빨리 길을 닦았으면 진작 그놈을 보았을걸!" 지나간 자동차를 보지 못해 서운해 하던 애들은 그냥 돌아갔다.

그 다음날도 자동차가 그 길로 지나갔다. 눈에 익은 자동차지만 또 보고 싶어하는 그들이었다.

"어제두 가더니 오늘두 또 가니 대체 어데를 가는 것일까?" 문득 누가 말했다.

"누가 알어? 어데 가는지……."

"그것두 몰라? 요사이 저 해변에 농장을 만들려구 한대. 그래서 이 길두 닦는 것이 아닌가? 그것두 모르다니……." 진억이가 거분 거분 말을 했다.

"그럼 그곳에 다니는 자동찬가?" 담배를 피워 물고 앉은 순환이가 돌을 깨며 말했다.

구장이 면장과 함께 슬근슬근 걸어온다. 구장은 눈웃음을 치며 면장의 뒤를 따라오며 무슨 이야기를 하고 있었다.

"어제 일 때문에 온 것이구나."

고개를 비슬비슬 틀면서 얼굴을 감추며 무서운 듯이 순환이가 말했다. 길 좌우를 훑어보는 면장의 눈길이 무서워 어쩔 줄을 모르던 기순이도 떨고 있는 것 같았다. 그러나 성순은 할 말이 있다는 듯이 면장의 얼굴을 바라보며 다 지나가도록 그의 뒷머리를 쏘아보고 있었다.

그들이 다 지나간 뒤에야 겨우 마음을 진정한 기순이가 이때까지 아무말도 없다가 한 마디를 했다.

"면장이 뭘 하러 왔을까?"

"할 일이 없으니까 돌아다니는 게지……." 진억이가 불쑥 말했다. 사실은 어제 왔던 면서기는 아니 오고 면장이 온 것이 조금 이상해서 물은 것이다. 그러나 매 맞은 자기가 무슨 잘못이나 있는 듯이 떨던 그가 면장이 자기를 보고도 그냥 지나가는데 조금 안심이 되었다.

한참 있은 뒤 구장이 뛰어다니며 사람들을 모았다. 점심 먹기 전에 빨리 모여달라고 하며 수염을 너풀거리며 뛰어다니는 구장이 우습게 보였다.

"영감이 무엇 때문에 저러구 돌아다니누……." 길가에서 일하던 이가 수군거렸다. 사람들이 길가에 길게 모여 앉았을 때 조금 높은 언덕에서 구장이 허리를 굽히며 말을 꺼내었다.

"에…… 에! 오늘은 우리 면장님이 말씀을 조금 하실 텐데…… 어허, 조용히 앉아 잘 들으시오."

구장이 물러서자 면장이 모자를 벗은 채로 나섰다.

"여러분! 에! 오늘날에 여러분 앞에 나와 말을 하게 되어 기쁘기 한이 없습니다. 그리고 여러분이 이 길을 닦느라고 애를 쓰시는데 대해서는 더 고마운 말씀을 드릴 수가 없습니다. 이 길로 말할 것 같으면…… 에헴! 요사이 만들려는 농장의 길입니다. 그러나 이 농장이 즉 나라와 같은 것인데 그들의 말을 잘 들어줘야 우리 면도 잘되며 그것 하나만 되면 우리 면의 산물産物이 얼마나 많아질지 모를 것이웨다. 에헴! 어제 나오셨던…… 에헴! 농장 사람이 이 길 닦는 것을 보고 여간 기뻐하지 않았으니 이제 우리 면面은 잘되어 갈 희망이 많습니다. 에헴! 우리는 이제 우리의 목숨을 그들에게 맡겨 살려달라고밖에 할 수 없으니까 온순히 우리의 일을 잘하기 바랍니다. 에헴!"

"그 말 하려구 모이랬나? 싱겁다." 면장이 위대한 웅변이라도 한 듯 턱을 내밀고 지나갈 때 누가 말했다.

"누군 모르나! 다 알구 있는 말을 하구 있구먼……." 성순이가 일만 더디었다는 듯이 말했다.

(치도편 일부가 삭제 당함)

모

"에! 벌써 이렇게 덥군!" 방 안에서 한 걸음도 움직이지 못하고 파리하고만 싸우던 성순이 아버지가 숨을 내쉬며 말했다.

"죽을라면 하루 빨리 죽구 말지 않구…… 일어나 다니지두 못하구……."

요새와서는 걸어다닐 수도 없게 되었으니 퍼렇게 자라 흐늘거릴 곡식들도 볼 수 없게 되어 아버지는 쓸쓸하기 짝이 없었다. 그뿐 아니라 누워서 절기만을 외우며 일을 시키기에도 그는 힘이 겨웠다. 그는 새까맣게 때가 묻은 부채를 들고 얼굴에 앉은 파리를 쫓으며 더위를 피했다.

"이놈의 부채가 나보담 오래 살겠군."

아직도 튼튼한 부채를 휘어보며 혼자 중얼거렸다. 부채에다 종이를 바르고 또 발라 두껍게 되어버린 그것은 아마도 십 년은 되었으리라. 요사이 방 안에 누워만 있게 되어 그 부채를 자주 쓰지만 옛날 들에서 일을 할 때는 부채를 쓸 생각도 못했었다. 덥다고 부채를 부칠 만치 한가하지 못한 생활이었다. 그래서 십여 년전에 샀던 부채가 아직도 그의 손에서 바람을 피우고 있었다.

누웠다가 부스스 일어나 앉아 담배 쌈지를 만져보았다. 담배 생각이 났던 것이다. 그러나 담배가 없어서 다시 자리에 누웠다.

"늙마老年에 담배두 못먹구 늙누만!" 하며 다시 부채질을 했다. 그는 누웠다가는 앉고 앉았다가는 다시 누웠다. 늙었으나 가만이 있기가 좀

이 쑤셨으며 모내는 논에 나가보지 못하는 것이 답답했다.

"점심때가 거반 되었는데 왜 들어오지들 않누?' 혼자 중얼거리고 있을 때 진심이가 들어왔다.

"이제 들어오냐? 빨리 점심을 해라."

"그다지 늦지 않았어요."

밭에 나갔던 그는 호미를 놓고 손을 씻으며 말했다. 그는 방 안에 싸 둔 입쌀자루에서 쌀을 꺼내다가 씻기를 시작했고 사서 매달아둔 조기 한 마리를 내려서 비늘을 긁었다. 더운 날씨에 점심을 하려고 불을 때니 방 안은 한증막 같았다.

"오늘은 모내기가 무던하겠다. 아마 금년 들어 가장 더울 것 같다."

"제일 더울 것 같아요." 불을 때며 아궁이 앞에 앉은 진심이가 대답했다.

"저녁까지 하면 쌀이 남지 못하겠구나……." 누워 있던 아버지는 적어진 쌀자루를 바라보며 근심을 하는 것이다.

진심은 밥을 퍼서 광주리에 넣어 들로 나가며 아버지에게도 조기 한 토막을 내어 놓았다.

"일 년 만에 쌀밥을 먹어보누만……." 하며 아버지는 한 손에 조기를 들고 한 손에 수저를 쥐고 밥을 먹기 시작했다.

빌린 돈으로 사온 것이나 오랜만에 먹는 쌀밥을 보자 마음껏 먹지 않을 수 없었다. 늙은 사람이 끼니도 제대로 찾지 못하다가 쌀밥을 대했으니 사양할 것인가?

그는 실컷 먹었다. 그러나 절반도 먹기 전에 수저를 놓은 것이다. 예전 같으면 조밥이라도 한 그릇으로는 배가 차지 않던 것이 반 그릇도 못 먹어 수저를 놓게 된 것을 생각할 때 죽을 날이 가까운 것이 분명했다.

진심이 밥 광주리를 이고 논으로 나갔을 때 순환의 처는 벌써 밥을 가지고 나와 있었다.

"밥 먹구 하자!" 논에서 모를 내던 사람들은 손에 쥐고 있던 것을 꽂고는 뛰어나왔다. 물 속에서 허리를 굽히고 일하던 그들은 밥보를 헤치며 달려들었다.

진심은 순환네 밥 광주리를 보고 있다가 그래도 반찬이 자기네보다 나은 게 없음을 보고 조금 안심했다. 물론 순환이의 처도 그랬을 것이며 순환이도 그랬을 것이다.

"안됐네! 돈이 있어야 고기를 사오지…… 변변치 못하나 많이들 먹게." 순환이가 밥그릇을 들고 말했다.

"나두 그렇네. 순환이가 고기를 못 사왔는데 나만 사오면 순환이가 나무랄 것 같아서 나두 그만두었네!" 이렇게 말한 성순은 힘껏 웃었다. 순환이도 웃었다.

그러나 성순이는 밥술을 입으로 가져갈 때마다 밥맛이 가시는 것을 느꼈다. 사람들 품값이야 자기가 일로 갚아주면 그만이지만 쌀을 사느라 빚을 낸 것을 생각하면 밥맛이 날 리가 없었다. 작년도 이처럼 살아왔지만 유독 올해는 근심이 더한 것이다. 누구나 자기의 근심이 있겠으나 일꾼들은 남의 일하는 날이고 또 남의 밥이니 마음껏 잘도 먹는다. 누구나 집에서는 이런 밥을 못 먹는 사람들일 것이며 조기 반찬을 먹지 못하는 그들일 것이었다.

순환이의 처와 진심이가 돌아간 뒤 한참을 쉰 그들은 다시 논으로 들어가 모를 꽂기 시작했다.

"금년은 아무래두 흉년이 들려나봐. 이렇게 비 한 방울 내리지 않구 덥기만 하니 말이야. 공연히 비료 값만 버리는 것이 아닌지……." 성순이가 말을 꺼냈다.

"어째서 그런지 시절이 잘 되지 않으려는 것 같애." 순환이도 한숨을 내쉬며 말했다.

"논에도 비가 와야 모를 다 낼 거구. 밭에는 며칠만 더 안 오면 곡식이 말라 죽겠던데……." 경화가 허리를 펴며 말했다.

"근년같이 몇 해만 지나면 죽지 않을 사람이 없을 것 같다. 어째 그런지 그다지 흉년이 들지도 않았는데 점점 살림살이가 기울어만 진단 말이야!" 얌전이 아버지도 빠지지 않고 한 마디 했다.

"참, 자네가 우리들과 모를 낼 줄이야 누가 알았겠나? 생각하면 자네두 딱하네!"

"더구나 감독만 하러 나오던 이 논에 오늘에는 자네가 품앗이로 일을 해주게 되었네그려!" 순환이가 웃으며 하는 말에 모두 따라 웃었다. 그러나 얌전이 아버지는 괴롭게 웃었다.

"할 수 있나? 이제야 굶어 죽지나 않으면 그만이지……." 그는 이렇게 말하며 자기에 대한 말은 그만두어주기를 바랐다.

"금년에 흉년까지 든다면 집 떠나는 사람이 많아질걸?"

"별 수 있나, ……흉년까지 진다면 죽는 판이지……."

그들의 말은 딴 데로 흘렀다.

"태은이는 어데 가 있는지? 그리구 그의 어머니는 어데루 나다니는
지……."

"떠날 때 물감이나 바늘 같은 것을 팔면서라도 아들 찾아가겠다구
했으니 모르지……."

한참 동안 묵묵히 모를 꽂던 그들은 모든 생각을 떨쳐버리자는 듯이
서로 소리를 시작했다. 진땀을 흘리며 목에 핏줄을 돋우어 부르는 소
리는 누구를 울리려고도, 누구에게 들으라는 것도 아니었다. 다만 모
든 시름을 잊고 일손이 가벼워지기 위함이다.

"해가 넘어간다. 빨리 하구 집에 가자!" 하는 소리가 나오자 모두 고
함을 치며 일을 서둘렀다.

"어서 하구 저녁 먹자!" 소리로서 나오는 그 말은 저녁때가 되었다
는 것을 말해주었다.

그러나 해가 졌을 때야 집으로 돌아오며 그들은 한참 동안 쉬다가
걸으면서 길에서 소리를 불렀다.

"내일은 우리 모를 내자구, 응?"

"가마!" 성순은 대답을 하고 논물에 젖은 옷을 그냥 입은 채 집으로
들어갔다. 모내던 사람의 절반은 성순의 집으로 가서 저녁을 먹었다.
컴컴한 방에서 그릇도 알아볼 수 없으리 만큼 어두운 데서 저녁상을
받았다.

"석유가 있어야지!" 성순의 아버지가 미안한 듯이 말을 했다.

"불은 켜서 뭘 하게요? 설마 밥을 못 먹겠어요? 누구는 밝은 세상에

서 살아보았나요?"

"그래두⋯⋯."

그들은 돌아갔다. 성순은 누운 채 잠이 들었고 진심도 밥그릇을 치우고는 곧 누워잤다. 바느질을 하려고 해도 기름이 없을 뿐 아니라 곤해서 일을 할 수가 없었다.

남의 품을 갚고 난 지 며칠 지난 다음 어떤 날이다. 면에서 농업기수가 모 검사를 하러 나왔다고 동네에서 법석을 떨었다.

"지금 구장네 집에 와 있는데 줄모(정조식)를 안 한 사람은 큰일난대드라!"

누가 이렇게 말하고 지나갈 때 성순이는 가슴이 뜨끔했다. 그때 순환이가 찾아와서 말했다.

"큰일났네! 줄모 안 한 논은 모를 뽑아버린다구⋯⋯."

"허, 무어? 그렇게까지 하면 어쩌라구⋯⋯."

"글쎄, 누가 아나? 다른 데서두 그렇게 했다는데⋯⋯."

"이제 뿌리가 다 뻗은 것을 뽑으면 어떻게 다시 모를 내노, 응?"

"정말 다 뽑을까?"

그들은 두려웠다. 모 낸 지가 벌써 며칠이 지나서, 뿌리가 뻗고 땅김을 다 쏘였는데 이제 그것을 뽑는다면 금년 논농사는 망쳐버리는 판이다. 더구나 모판에 공도래(대두박)를 하느라고, 또한 논에 쓸 조합비료를 사느라고 남의 돈을 빌린 것도 문제다. 모를 하면서도 빚 때문에 죽을지 살지 모르겠다고 야단이던 그들에게 모까지 뽑아버린다면 죽으라는 말과 같다. 어찌 살겠다고 희망을 가질 수가 있겠는가?

단오

"개구리가 저렇게 울 때야 흉년이 안들 수 있나?" 컴컴한 방에 누워 있던 성순이가 말했다.

"금년엔 개구리도 유별나게 울어요." 새어드는 요란한 개구리 소리를 들으며 진심이가 말했다.

"그래두 부엉이가 아직두 울구 뒷산에서 콩새가 날아다니니 풍년이 질지두 모르지……" 기침을 하며 아버지가 말했다.

"금년에는 꼭 풍년이 들어서 빚이라두 물어야지. 한 해만 끌면 못 물게 되는 게 빚이야……" 성순은 누워서 비료와 쌀을 사느라고 진 빚을 생각했다. 그들에게 빚이 없고 먹을 것만 있다면 무엇이 근심되련만 잠잘 때도 머리에서 떠나지 않는 것이 빚 걱정이다.

"하필 최주사의 돈을 꾸어올 것이 무어요? 같은 값이면……" 진심이가 전에 빌려온 빚 때문에 자기들이 장차 어찌될까를 염려하여 하는 말이다.

불을 켜지 않은 캄캄한 방은 누가 무엇을 하고 있는지 보이지 않으나 부스럭거리는 소리로 서로의 움직임을 알 수 있었다.

성순이 돌아누우며 말을 했다.

"우리 밭 문서를 저당잡고 내었으니 집은 집행 못할 것이고 또 우리가 굶어도 추수한 것을 팔아 물면 그만 아냐?"

아버지는 벌써 잠이 들었는지 아무 말도 안 하고 콧소리를 내고 있었다. 그때 문밖에서 기순이의 목소리가 들렸다.

"성순이 자나?"

"아니, 그 누구야, 응? 들어오라구……."

"들어가서 뭘해? 그런데 내일 짬이 있겠나?"

"왜, 무엇하게?"

"짬 있으면 그네를 좀 매어달라구 하대."

"해주지……."

"그럼 내일 아침 일찍 오게!"

"그러마……."

"잘 자게나."

"가겠나? 가게."

기순이는 돌아갔다.

"오월 단오가 가까웠으니까 또 그네를 매려는 게로구먼……."

성순이는 한숨을 내쉬었다. 개구리 울음소리만 요란한 캄캄한 밤에 잠들지 못하며 몸을 뒤척거리고 있었다. 아무 근심이 없을 때에는 개구리 소리가 피곤한 그들의 몸에 잠을 실어다 주었건만 빚진 생각, 또 돈 없는 탓으로 아무 때나 부르기만 하면 일해주지 않을 수 없는 신세를 생각하니 오려던 잠도 사라져버리는 것이다.

"성순이 아직 자나?"

겨우 한잠 들었던 성순이는 밝기도 전에 누가 부르는 소리에 깨었다.

"성순이! 상기 자나?"

"누구야……?"

"나야, 빨리 일어나게."

"응, 기순인가…… 왜?"

"지금 떡을 치는데 좀 와서 쳐주게."

"그럼, 감세……."

아직 닭이 두 번밖에 울지 않는 새벽이었다. 캄캄한 새벽길을 기순이가 가지고 온 등불로 비춰가며 참봉의 집으로 갔다.

"왜 이렇게 곤경에 떡을 치노? 남 잠두 못 자게……."

"누가 아나? 이때 해야 떡이 없어지지 않는 게지……."

"그것 좀 없어지면 어떤가?" 성순은 떡망치를 들고 떡을 쳤다. 장가 갈 때 한번 쳐보고는 이렇게 꼭두새벽에 떡을 치기는 처음이었다.

"나두 돈을 벌면 명절 때마다 떡을 섬으로 할 텐데……. 그때에는 기순이 자네두 오게……. 그리구 아주머니두 와서 먹구 싶은 대루 먹소." 성순은 떡을 만지는 아주머니에게 말했다.

"그럼 그때를 기다려야 하겠군. 몇 해나 걸리려우? 돈을 벌려거든 하루 바삐 내가 죽기 전에 벌어 놓으소. 떡이라두 한 짝 얻어먹게……. 떡두 안 먹어주구 죽으면 나무렴 할 테니까……."

그들 모두 웃었다.

"그때는 내가 자네 집에서 일하지. 그러면 장가나 보내주시게 …… 응?" 기순이가 웃으며 말했다.

"그럼 그러구말구……. 그러나 자네는 그때까지두 남의 머슴으로만 있겠나? 내가 집을 한 칸 지어주구 땅두 조금 주지…… 하, 하."

떡을 얼마나 쳤는지 팔이 떨어지게 아팠다. 그때야 날이 밝기 시작하는지 자즌닭이 울었다.

"정말이지 우리 기순이를 장가나 보내줘요. 같이 있으며 보려니 정말 불쌍해서……."

"아주머니두 마음이 너그러우신데요. 그렇다면 딸이나 하나 두었다가 사위루 맞지요. 왜……." 이 말에 모두 웃었다.

떡치는 소리는 동네를 울리며 새벽 공기를 휘저었다. 다른 곳에서도 간간이 떡치는 소리가 들렸다. 모두가 명절을 쇠려는 떡일 것이다.

날이 밝은 다음에야 성순은 떡치기를 끝내고 조반을 얻어먹으러 안으로 들어갔다.

떡상이 방 안으로 들어오자 팥고물을 묻힌 떡을 한 입씩 물었다.

"언제 다시 이런 떡을 먹어보겠나? 마음 놓구 먹자." 기순이도 이런 소리를 하며 먹었다.

"자네들 많이 먹게!" 눈을 부비며 김참봉이 나왔다. 성순은 떡을 한 입 가득히 물고 있을 때라 어쩔 줄을 모르고 허둥대다가 겨우 입을 열었다.

"안녕히 주무셨습니까?"

"응. 그런데 어떻게 할려구 줄모를 아니 했었나?"

"그저 안 해두 괜찮을 줄만 알구……." 성순은 조금이라도 빨리 하려고 사람 품이 적게 드는 것을 했다고는 대답할 수가 없었다. 줄모를 한다면 품이 배나 들며 그만큼 쌀도 많이 없어지는 것이다.

"자네들 때문에 내가 혼이 났네! 자네들을 혼내주겠다고 하는 것을 내가 겨우 말렸어. 자네들 생각을 해서 내가 책임지기로 했으니까 내년부터는 정조식으로 꼭 해야 하네!"

"예! 내년부터는 그렇게 하지요."

"내년에두 줄모를 안 하는 사람에게는 부득이 땅을 떼야겠어. 안 그 랬다가는 내가 큰일 나니까……."

"그렇겠지요……."

참봉은 할 말을 다 하고 안방으로 들어갔다.

떡상을 비운 그들은 마당으로 나와서 그네줄을 꼬기 시작했다. 높은 버드나무 가지에다 굵다란 그네를 휘어지게 매어놓으니 모든 처녀들 이 저마다 뛰어보았으면 했다.

작은 명절이라고 아이들은 누구나 새옷을 입었고 색시들까지도 새 옷을 입고 한가히 다녔다.

애들은 이날만은 새옷을 입으리라 생각했고 부모들도 어떻게 해서 라도 이 때만은 해주려고 했다. 다른 애들이 새옷과 고운 댕기를 드렸 는데 자기 애들만 그렇지 못하다면 애들의 마음이 섭섭할 것은 둘째로 하고 그들 자신의 마음부터가 섭섭했기 때문이었다. 그래서 굵은 무명 에나마 분홍 물을 들인 저고리를 입고 나온 애들이 많았다.

"얌전이는 참 고운 옷을 입었구나……." 많이 모인 아이들 가운데 끼여 있는 얌전이를 보고 성순이가 말했다. 얌전이는 부끄러운 듯이 고개를 쳐들지 못했다.

"너희 어머니가 해주던?"

"전에 있던 거야요." 겨우 대답을 했다.

"그래도 돈이 있던 집 아이가 좀 다르다."

아이들은 얌전이가 입은 옷을 만져보고 자기의 옷을 보았다. 얌전네가 패가 하기 전에 입던 옷을 꺼내 명절치레로 만든 것이니 자기네들의 옷보다는 좋지 않을 수 없었다.

푸른 버드나무 가지 아래서 흔들거리며 왔다 갔다 하는 그네 위에 파란 치마 자락이 너풀거리는 것은 단오가 아니면 볼 수 없는 일이다.

단오는 아름답고 기뻐할 날이다. 절반 농사를 하고 이제부터는 가꾸어만 주면 추수할 수 있게 된다. 농부들의 일 년 계획이 달성되는 때다. 이제는 흉년이 들어 굶거나 풍년이 들어 굶지를 않게 되거나 하늘에 맡기는 수밖에 없었다.

다음날 사람들은 어느 동네 할 것 없이 난을 피하는 사람들처럼 씨름판을 향하는 것이다. 아이들도 젊은이도 색시도 늙은이도 할 것 없이 씨름 구경을 가느라고 주머니에 돈 몇 푼씩 넣어가지고 동네를 떠났다.

논에서 물을 푸고 있던 성순이도 이길 저길 할 것 없이 개미줄같이 줄지어 가는 사람들을 보고 자기도 가서 씨름을 한 번 해보았으면 했다. 그러나 말라가는 논바닥을 볼 때 그것을 두고 어데를 갈 것인가?

그는 물을 푸며 물 헤는 소리를 더욱 높이었다. 그것은 물 안 푸고 팔자 좋게 구경가는 이들에게 들으라고 하는 것 같았다.

수리조합이 가까이 있으나 큰 산으로 막혀 언제나 가뭄을 피할 수 없는 이 동네에서는 조금만 가뭄이 들어도 물덕구리(물 푸는 것)를 가지고 못에서 물을 퍼 논으로 넘기는 것이었다. 그리하여 비가 며칠 안 오면 누구나 물을 펐고 그때가 되면 아침, 저녁이 더욱 분주해졌다.

땀이 흘러 눈으로 들어가도 씻지를 못하고 물을 푸던 그들은 해가

중천에 올랐을 때 언덕 위 아카시아 나무 아래로 가서 앉았다.

"그만하면 꽤 폈다. 우리두 이제 씨름 구경이나 갈까? 화가 나서……." 순환이가 말했다.

"글쎄, 갔다 와서 더 푸기루 하구 갔다 올까?"

이때 경화가 왔다. 모시적삼에 흰 무명 잠방이를 입고 옥색 항라조끼를 입었다. 그가 가까이 올 때 풀냄새 같은 새옷 냄새가 났다.

"오늘은 새서방 같구나, 웅?"

"말 말게. 일 년 내내 일해서 겨우 이것밖에 해 입은 게 없네. 돈을 두었다가 부자 되겠니?"

"그래두 한턱 할 만한데?"

"그런데 씨름판엔 안 가겠니? 나두 이때까지 무엇 좀 하느라구 이제 간다. 갈라면 같이 가자!"

"가면 한턱 하겠니?"

"좌우간 가자꾸나……."

가고 싶은 마음이 간절하던 그들은 경화의 말에 더 마음이 동한 듯 조금도 서슴치 않고 떠났다.

"오월 단오에 씨름 구경두 못하구 살면 무엇을 하니?"

"우리야 너같이 옷이 있니, 돈이 있니……. 그러니 갈 생각두 못하는 게 아닌가. 주머니에 돈닢이라두 넣구 가야 할테니까." 성순이가 모낼 때 입던 옷을 그냥 입은 자기의 몸을 보며 말했다. 저고리는 흙이 튀어 얼룩덜룩해졌고 물에 젖었던 잠방이는 쭈굴 쭈굴하여 구긴 종이 같았다.

햇빛은 내려쪼이어 이마가 따가웠다. 그러나 사람들은 저수지에 물

모이듯이 각처에서 모여들었으며 계속해서 모여들고 있었다. 언덕 위로 빙 둘러선 사람들은 어디에 숨어 있다가 나왔을까 하고 놀랄 정도로 많았다. 아이들은 나팔, 홀노리(호각) 피리소리를 즐기며 씨름 구경은 하려고 하지도 않고 물건 파는 곳과 빙수 파는 가게 앞으로 돌아다녔다.

누가 이기고 누가 졌는지 모르나 둘러 선 사람들의 고함소리로 씨름을 하는 것만은 알 수 있었다.

밀치고 밀리고 하는 통에 여자 양산이 쭈구러지며 사람들은 넘어진다.

무엇하러 왔는지 빙빙 돌아다니기만 하는 사람도 있었다.

"우리두 씨름이나 한 번씩 하세……." 성순이가 순환의 손을 잡아끌며 말했다.

"그만두게, 씨름 해서 소 타먹겠니?" 경화가 말렸다.

그들은 사람 사이를 뚫고 들어갔다. 땀을 흘리며 빙빙 돌며 제각기 이겨보려고 버둥거리는 것을 볼 때 성순은 팔 힘이 빠지는 것 같았다.

"으악!" 기합 소리가 나며 한 사람이 넘어진다.

"내 저기 가서 한턱 하마. 어서 가자……."

"아무렇게나…… 나도 이꼴이 보기 싫다……."

셋은 씨름판 왼편에 차양을 치고 술을 파는 집으로 들어갔다.

"이런 날 안 먹구 언제 한 번 마음 놓고 놀아보겠니?" 첫 잔을 마시는 경화의 말이다.

그리하여 술이라고는 일 년 가야 몇 번도 마시지 못하는 그들이 술을 마시게 되었다.

김

조가 퍽 크게 자랐다. 단오 명절에 입었던 옷을 벗고 밭으로 나가야
할 때다.

"뉘 집 김매러 가요?"

"나는 얌전네 김매러 가오. 당신은?"

아침 조반을 일찍 해먹고 호미 한 자루씩 들고 나선 성순 부부가 얼
마 동안 같은 길을 걷다가 갈림길에서 헤어졌다.

"이제는 김이나 몇 번 매주면 먹는다." 얌전네 조밭머리까지 온 성
순은 얌전이 어머니가 먼저 김매고 있는 것을 보고 말했다.

"그럼. 이제는 먹어주었지." 흙을 긁어 부스러뜨리며 얌전이 어머니
가 대꾸했다.

"참 잘 됐는데! 이렇게 키 큰 조가 퍽 드물던데!"

"잘 된 것을 볼라면 아우네 밭을 보게!"

"우리 거야 머 된 게 있나요?"

세벌김 매는 그들은 호미질을 해놓은 흙을 긁어 올려 이랑을 만들며
나갔다.

한참 있더니 젊은 사람 몇이 와서 아래 밭머리의 이랑을 잡아 매어
오기 시작했다.

"오늘 얼마나 맬려구 사람이 이렇게 많소?"

"매는 날 아주 매야지. 목화밭두 맬려구 하는데 될는지……."

수건 한 개씩을 손에 들고 김매러 나오는 색시들이 떠들며 지나간다.

들에는 어느 밭에서나 사람들이 허리를 굽히고 김을 매고 있으며 논에서는 모를 내기에 바쁘다.

뒤를 따라오던 사람들이 미나리곡을 부른다.

　　시애비 아들 잠드릴내기
　　알뜰한 총각 찬 이슬 마셨다.

그 뒤를 이어 또 타령으로 변한 소리가 들렸다.

　　타령간다 타령간―다
　　님한―테―로 타령간다
　　심심하구 갑갑―한―데
　　타령―이나 바다줄―나

서로 바꾸어가며 하는 소리는 김매는 손을 흥겹게 해주었다.

　　하늘이 암만 높다 해―두
　　초저녁이―면 이슬 온―다
　　지 부 황천 머다더니
　　대문밖―기 황천이―다

김매며 소리로 피곤을 잊을 줄 아는 이들은 기어가는 소리로나마 무슨 소리든 꺼내 불렀다.

> 바람이 불래면 동남풍 불고
> 풍년이 질내면 님풍년지렴
> 도토리 깍대기 장말구 사라두
> 언제나 원대로 사라나보자우

미나리곡에 이어 옆 밭에서 색시의 목소리가 곱다랗게 울려왔다.

> 십리 안에 오리장성
> 님 가는 곳 못 보았소

색시가 받아주는 소리에는 서로 맞소리를 해주려고 덤볐다.

> 못 살갔어요 못 살갔어요
> 님 간 곳 몰라서 못 살갔어요
> 일할내기 분주해서
> 오라는거 못 가보오
> 일하다가 쉬일 때면
> 님의 생각 간절해라
> 일하든 오금에 잠이나 자지
> 재너머 턱턱 뭐하러 왔소

입찹살 버무리 떡삼아 먹구
언제나 원대로 살아나보자
돌창의 새는 집을 말동말동
너하구 나하구 말동말동

돈이나 많으면 오리변주지
남의딸청춘 웨늙히노

오월이라 단오날에
너하구나하구 쌍그네뛰자

요놈의종자야 치맛깃노아라
외불루당친거 콩튀듯한다.

이밥의눈띠 뜰줄몰라
양눈을가지고 쌀일듯한다.
숫돌이좋다기 낫갈려갔더니
모본단주머니 넓질너주네

  흥이 나서 제각기 노래를 한다. 이따금 받아주는 색시들 때문에 소
리는 끝날 줄을 몰랐다.
  그들은 또 소리를 시작했다.

모시나적삼에 비마쪄오니
오리알같은 젖보기좋구나

도라지캔다구 핑계를해서
총각의무덤에 삼우제갔댔소

방문안에 앉은 각씨
네스나이 죽으면 나하구 살자

해는 뜨겁게 쪼여 땀씻기에 분주했다.

조밭 사이에는 바람도 불지 않고 땅에서 솟구치는 더운 김과 따가운 햇살에 모두 허덕이었다.

"물이나 좀 떠와야지 이거 살겠나?" 남자, 여자 할 것 없이 저고리를 벗고도 그냥 덥다고 야단들이다.

"소리나 더들 하지."

"소리두 숨이 차서 못 하것소."

흐르는 땀이 밭이랑 위에 떨어져 먼지를 내고 젖어든다. 그래도 고개를 땅에 닿을 듯이 숙이고 흙을 파서 올린다.

"물 떠왔네, 마시게!" 얌전의 어머니가 바가지를 들고 오니 우루루 모여들었다. 모두들 목을 축이려고 고개를 빼고 바가지에 입을 댄다.

"오늘 같은 날에 김매다 죽은 사람이 없을까?"

"아직 더워서 죽었다는 말은 못 들었네."

이때 신작로에서 자동차 한 대가 소리를 지르며 달려가는 것을 본
그들 가운데서 다시 소리가 나왔다.

돈이나 많으면 자동차탈걸
돈없는탓으로 밭이랑탔소.

죽어이별은 잘도생겼지
살아서생니별 못할네라.
하늘도중천엔 별도많고
나사는 이땅에 말도많다.

아리랑곡을 부르며 다시 호미를 쥐고 밭 이랑으로 들어갔다.
"오늘두 씨름하나? 웬 사람들이 저렇게 많이 가지?' 조밭 사이에서
고개를 들었던 사람이 말했다. 그 말에 고개를 한 번씩 모두 들었다.
"오늘두 한 대. 아마 내일까지 할 걸……."
"우리 동네에서두 누가 씨름 했나?'
"진억이가 해서 비교에 들었다는데……."
"금년에는 진억이가 일등을 먹을 것 같던데."
"글쎄, 작년에는 부상을 탔댔으니까 어찌 될른지……."
"씨름 구경 가는 이는 팔자들두 좋다. 우리는 외편(외가편)이 못생
겨서 이런 노름을 하고 있나?'
"말 말게! 일해야 먹구 살지. 그 사람들 얼마 안가서 어떻게 되나 보

게!' 성순이가 슬근 슬근 말했다.

"패가하는 사람들 다 그러다가 패가하는 거야. 다른 게 있나?"

"패가를 한 대두 양첩이나 하나 얻어보구 죽었으면 좋겠다."

"너는 그것이 소원이냐? 양첩이 뭘 바라구 네게 오겠니?" 얌전이 어머니가 화난 듯이 말했다.

"그러니 말이지요. 김참봉의 첩이나 내게 하나 주면 좋겠두라. 그 많은 것 다 무엇하지?"

"가서 한 개 달라구 그래보지?"

"달라면 줄까?"

"말 잘하면 두 개라두 줄 걸!' 이때 젖먹이를 업은 애들이 몰려 지나간다. 얌전이도 애를 업고 어머니에게 가까이 왔다.

"얼마나 울었니?" 애를 풀어 받아 무르팍에 눕히고 젖을 먹이면서 그의 어머니가 물었다.

"아까부터 울었어요. 자꾸 울어서 혼이 났네."

어린애를 안고 젖을 먹이려니 땀이 더욱 흐른다. 나무 그늘로 가서 기저귀를 펼쳐놓고 젖을 물린 뒤에야 애는 울음을 그쳤다.

애를 어머니에게 맡긴 얌전이는 어머니가 매던 이랑에서 호미를 쥐고 김을 매느라고 할닥거렸다.

"고만둬라! 우리가 할테니……."

어린것이 어머니가 쉬는 동안에 자기가 매려고 애쓰는 것이 애처러워 성순이가 말했다.

숨이 차서 헐떡이면서도 방긋 웃는 것이 참으로 귀여웠다.

"저것이 학교나 다닐 나이에 김을 맬 줄이야 누가 알았겠나?" 애에게 젖을 물린 채 얌전이를 보고 있던 얌전이 어머니가 키 큰 조粟 포기를 물끄러미 보며 말했다.

"저애가 아직두 학교에 다녔다면 금년에 삼학년이나 되었겠네?"

"그렇구 말구. 부모된 우리의 죄지. 공부두 그렇게 잘 하던 것을 한 달에 칠십 전이 없어 학교를 못 보냅니다그려. 저것이 크면 얼마나 말하겠소."

얌전이는 애를 업고 집으로 돌아갔다. 얌전이의 뒷모습을 보며 성순이가 말했다.

"나두 저런 애나 하나 있었으면 좋지 않겠나? 조런 애를 보면 귀여워 죽겠어."

동정한다는 듯이 얌전이 어머니가 웃으며 말했다.

"우리 얌전이를 줄까? 양딸로 삼으소 그래. 나도 먹일 것이 없어 걱정인데……."

성순이도 같이 웃으며 얌전이 어머니에게 얼굴을 돌렸다.

"얌전이 어머니야 그애 없이 하루나 살겠소?"

"그렇기는 그래요. 벌써 밥지을 줄두 알구…… 우리집에서 가장 일을 많이 하는 애라우."

이때 윗밭에서 김을 매던 색시가 타령을 한 곡조 넘긴다.

　　온갖물은 흘러 내려두
　　오장썩은 눈물 솟아오른다.

소리가 끝나자 마자 성순이 옆에 있던 사람이 받는다.

　　오장육부 서러운사정
　　뉘로위해 풀을소냐!

　　조개는잡어서 구럭에넣고
　　가는님잡어서 정드려살자

　　밥먹기싫거면 두었다먹지
　　님보기싫은것 나어찌하리

　햇빛은 만물을 내려누르는 듯했으나 색시와 젊은이들의 노래는 하늘로 오르는듯 했다.
　"이제는 점심이나 먹구 와서 마저 매자" 얌전의 어머니가 이 말을 하자 그때는 방아타령이 나왔다.

　　어서매구 집에가자

　올랐다 낮았다하는 곡조는 나는 듯이 경쾌했다.

　　에헤야 방헤야!

그들이 집으로 돌아갈 때에 다시 윗밭에서 색시의 소리가 들렸다.

전과나같이 노―를래두
시애비아들이 원수로다.

모시나 전대에 베전대에
전에나 전대루 놀아나보자!

"야! 그 어느 동네 색시가? 참 소리를 잘 하누나." 소리에 반한 그들
이 하는 말이다.

저녁때 경화가 김매는 데 와서 모 심을 사람을 구한다고 했다.

"웃집 조카 너 모레 우리 모 하루 해주렴!"

"누가 품을 채지 않으면 가지……."

"성순이 너두 하루 해주렴. 내 김을 하루 매줄께니"

"그러자구."

"아재비네 내일 누구랑 모 합니까? 늙은 사람들은 탁대지 말라요."

"그럼, 늙은 이가 끼이면 재미가 있나."

경화가 간 뒤 저녁 바람이 시원하게 불기 시작하자 사뭇 유쾌한지
목소리를 더 높이며 아래 웃 밭에서 소리를 넘기었다.

밀물에왔다가 썰물에갈래면
뽕나무 오디 오지나말지

앞집체네 알개는 소리
뒷집총각 두건이튼다.
시집을못살면 본가집살지
곰방대놓고는 나못살겠네

조금 사이가 있는 저쪽 논에서 모를 심던 사람들이 방아타령을 불렀다. 자기들 소리에 정신이 없던 그들도 귀를 기울여 방아타령을 들었다.

어젯밤에 사통을돌아 에헤야방헤야
오늘날에 뫼인우리 에헤야방헤야
방아소리루 놀아보세 에헤야방헤야
먼데사람 듣기좋게 갓채사람 보기좋게
에헤야 방헤야
일만가지저세서 일만석이날듯하다.
에헤야 방헤야

한 사람이 섬기고 여러 사람이 방아를 부르는 것이 참으로 나는 듯한 곡조였다.
계속해서 들려왔다.

일만석이나구나면 달같은마당에 별같이되고
에헤야 방헤야

달같은마당에 별같이가리면 노적담은

높아가구 에혜야방혜야

앞남산은 낮아가네 몇몇이모인 우리

마루나한번 올려보세 에혜야방혜야

초가로마루 와가로마루 명심해서

받아주세 에혜야방혜야

어야혜 좁은골에 지동하듯 넓은골에

노상하듯 에혜야방혜야

체녀애기 애질번했네 어서하구 바삐해서

에혜야 방혜야

다나란참에 하구보면 주인님이 별상을 주네

에혜야 방혜야

꾸엉꿍지같은 입담배에 씨원한 탁주에다

에혜야 방혜야

꼬꼬하는 영계鷄찜에 고추양념 해서놓구

에혜야 방혜야

칼치반찬 조기생선 돼지다리 소갈비

에에혜야 방혜야

방아소리가 꿈자리 난리난 것 같이 떠들썩하였던 들이 조용해졌다.

"오늘은 밭을 다 맬렸더니 너무 무덥고 해서 조밭밖에 못 매었
군……."

"글쎄요, 땅이 군구 돌두 많아서 꽤 오래 걸리는데요."

"내일은 누구네 밭 매나요?"

"우리 조밭을 매줘야겠어요. 너무 날래 커서 자꾸 낟알(곡식)이 마르는데 비가 안 와서 큰일 났쉐다. 내일은 미녕밭을 맬라우?"

"글쎄 매던 차에 다 매야겠는데…… 아우네는 다음에 갚아주면 안 될까요?"

"천천이 갚아주소그려. 우리는 다른 사람 얻을 수 있겠지요." 다짐한 뒤에야 조밭을 나와 호미를 뒤에 차고 돌아왔다.

다음날 아침도 검은 구름이 돌다가 있었던 것 같지도 않게 전부 벗어지고 말았다.

"개미가 구멍에서 나와 다니구 지렁이가 길에 나와있는 걸 보면 비가 올 듯두 한데……." 밭으로 가면서 성순이가 진심에게 말했다. 진심도 개미들이 나도는 것을 내려다 보았다.

"정말 이렇게 비가 안 와서는 사람두 말라 죽을 거예요." 진심이가 개미구멍에 발질을 하며 말했다.

일등상一等賞

오월의 햇살은 살을 태워버릴 듯이 내려쪼였다. 그 가운데도 점심때가 가장 심했다. 밤나무꽃도 햇빛에 시든 듯이 축 늘어졌고 논에서 고기를 잡아먹던 황새도 모가지를 빼고 졸고 있다. 들에 매어둔 송아지도 목이 마른 듯이 아귀만 삭이며 앉아있고 이슬 맞아 파랗던 잔디도 시들시들 했다.

"에, 더워! 멱(목욕)이라두 깜구 들어가야지." 키 큰 조밭을 매고 있던 성순이가 땀을 훔치며 밭머리에 벗어 놓았던 신을 신으며 집으로 돌아가려고 했다.

"멱은 무슨 멱이요. 집에 가서 냉수나 먹으면 그만이지." 진심이 흙에 들어간 고무신을 털며 말했다. 개구리도 뛰어가기가 숨이 찬지 조금 가서는 넙적 앉아 다시 갈 생각도 못하고 있다.

"금년엔 벌써 이렇게 덥고 비는 한 방울도 안 내리니 어찌되려는 시절이야!"

"글쎄, 너무 더워요. 오늘 더위에는 비라도 좀 올 것 같은데……."

"글쎄, 더위를 보면 비두 올 것 같구……."

"이렇게도 안 올리야 있겠소?"

"하느님두 이렇게 무심해서야 믿을 수가 있담. 요며칠 사이에 비가 안 오면 곡식은 둘째로 사람이 타 죽을 것 같다."

성순이는 적삼까지 벗어 들고 집으로 들어갔다. 집안에 누워있던 아버지도 무던히 더운지 부채만 휘두르며 적삼을 벗고 있었다.

"이렇게 더워서는 못 살 것 같다. 곡식은 얼마나 말랐던?"

"며칠 내로 비가 안 오면 누구 할 것 없이 밥주머니차구 떠나야 되겠습니다."

"얘! 그런데 아까 체부(배달부)가 와서 편지 한 장을 주구 가드라. 어데서 왔나 보아라! 영순이 한테서나 안 왔는지 빨리 봐!"

"편지가 왔어요?" 성순이는 선반 위에 있는 편지를 내려 겉봉부터 읽었다.

김성순이라는 자기 이름이 봉투에 써 있었으나 자기에게 오는 편지에 그만큼 잘쓴 글씨는 이것이 처음이었다. 급히 뒤집어 보았다.

"군청에서 내게 무슨 편지를 할고?"

그는 내용이 궁금해서 봉투를 곱게 찢었다.

"가나(일본말)로 썼구나! 이렇게 쓰면 누가 읽으라는 말인가?" 한문과 한글을 조금 아는 성순이는 읽을 수가 없었다.

"어데서 왔어? 네 아우에게서 오진 않었니?"

"군청에서 왔어요."

"뭐라구 왔니? 또……."

"가나가 돼서 알지 못하겠어요. 참, 그런데 아우한테서는 통 소식이 없으니 어떻게 살구 있는지……."

"글쎄 퍽 갑갑하다. 한 번두 편지를 안하니……."

"이것이 뭔지 빨리 알아야겠는데 누구한테 가볼까?" 군청에서 온 편지를 접었다 폈다하며 성순이가 말했다.

"요전에 군청에서 뽕나무밭 검사를 다니드니 그게 아닌가요?"

"그것 밖에는 건덕지가 없는데, 참 모르겠네! 내가 죄를 짓지도 않었는데……."

"좌우간 빨리 가서 누구보구 봐달라구 해요."

성순은 편지를 들고 밖으로 나갔다.

"무슨 큰일이 생겼나? 군청에서 올 리가 없는데……."

"모르겠어요."

진심과 그의 시아버지도 성순이가 돌아올 때까지 점심 먹을 생각도 않고 그를 기다리고 있었다.

"빨리 돌아오지나 않구……."

"아무래두 무슨 일이 생겼나보다."

그들은 꼼짝도 않고 성순을 기다렸다. 그들의 마음은 숨이 끊어져가는 사람을 보는 듯했다.

숨을 헐떡이며 벙글거리고 들어오는 성순을 그들은 의아한 눈으로 쳐다보았다.

"일등상이래요. 상 타러 오라는 편지야요! 금년 운수가 나쁘지는 않은 모양이지요?" 그는 말 탄 어린애같이 기뻐서 덤비며 빙빙 돌아다닌다.

"글쎄, 뽕나무상 말이지요?"

"그래, 그것이야……."

"내가 알았지! 그럴 것 같더군."

"아니 얼마나 준다던?"

"상은 말하지 않았는데 내일 자동차를 타구 군청으루 오랬어요." 성순은 말할 때마다 벙글벙글 했다.

진심이도 아버지도 기뻤다. 하늘에서 떨어진 돈 같아서 어쩔줄을 몰랐다.

"한 백원 주었으면……." 진심이 점심을 차리며 하는 말이다.

"백 원은 다 해서 무엇해? 오십 원만 나와도 빚을 갚구 얼마 남는 것으루 쌀이나 사서 먹으면 되지…… 봐라, 농사는 제가 잘하기만 하면 하늘이 도와주는 법이란다. 생각지두 않았던 돈이 떨어지지 않았나?'
아버지가 힘들어 천천이 하는 말에도 웃음이 섞인 듯했다.

성순이는 면에서 나온 뽕나무를 조밭머리에 백 주가량 심었다. 땅도 좋고 또한 김도 매어준 덕택에 뽕나무는 잘 자랐다.

물론 그가 뽕으로 누에를 치기 위함은 아니었으나 뽕나무를 누구나 심어야 한다는 면의 지시에 할 수 없이 조밭머리에다 심었던 것이다. 뽕이 자랐으나 누에도 못치고 그저 버려두었다. 그러던 것을 금년에는 도에서 뽕나무날을 정하고 면에서 나와 거름을 주고 김을 매어주라고 할 때 그는 두엄을 주고 김을 매었다. 그러한 것이 동네에서 가장 잘 되었다고 일등상을 타라고 오라는 것이었다.

"뽕나무라도 심어둔 것이 덕볼 때가 있군. 그 그늘 때문에 낟알이 잘 자라지 않았지만 이번 상만타면 그 보충은 되겠군."

"참봉네두 나왔는데 이등상이라데……."

"어떻게 그집에서 이등상을 탔노?"

"너무 자란 것을 잘 가꾸지 못했던 게지."

"내일은 누가 갈런지 같이 갔으면 좋겠는데……." 햇살은 지치지도 않는지 그냥 내려쪼였다.

"비는 왜 아니오구 날만 더울까?"

"참, 비두 신통히두 아니오네. 누구를 죽일려구 그러는지……."

곡식을 볼 때마다 비를 기다리지만 비는 오지 않고 볕만 따가웠다.

"동풍이 불어 구름이 나는 것을 보니 오늘 내일 비가 올 듯도 한데……."

"와야지 살지!"

성순이와 순환이는 헤어져 딴 밭으로 갔다.

저녁때 해가 거의 졌을 때 그들은 다시 그들이 같이 부치는 논에서
만났다.

"벼가 누래만 가누만! 비가 어찌 안 오는지……."

순환이가 물덕구리를 들고 오며 말했다.

"내일은 어느 때나 가겠나? 자동차루 오라구 그랬으니까 그시간에
나가면 되겠구만……."

"걸어가믄 줄려던 상을 안 줄까? 아침 물이나 푸구 걸어가지. 몇 십
리나 된다구……." 성순이가 대답했다.

"이런 때나 자동차루 모시여보지 언제 자동차 타보겠나, 팔자
에……."

"말 말게."

"그런데 벼가 크지를 않는다구 다시 비료를 하라데. 일전에 참봉이
그러데."

"그렇지만 어쩔 수 있나?"

"자기가 사주겠다구 그러두만……."

"그렇게 해서 가을에 벼로 감할려구?"

"어쩌나? 할 수 없지! 나두 더 빚을 못낼 것이고 자네두 그럴 것이
니……."

"그것두 야단이지."

"그럴 것 있나? 자네야 그 일등상 돈으로 비료를 사지."

"글쎄…… 그것두 괜찮지……."

해가 기울어져 저녁때가 됐는데도 덥기는 마찬가지였다. 어두워질 때까지 들에서는 여기저기 물푸는 소리가 처량하게 들렸다. 그들은 땀을 뻘뻘 흘리며 물을 폈다. 벌레 우는 저녁에야 겨우 마친 그들은 하늘을 쳐다보았다. 검은 구름이 깔리어 별이 하나도 보이지 않았다.

"이제야 비가 오려는 게다."

"올 것도 같으이."

가뭄에 하늘을 쳐다보는 농부들의 눈빛은 처절했다. 번개가 치구 이어서 우렛소리도 들렸다. 비가 올 것 같다.

옷도 벗지 못하고 쓰러져 자던 성순은 비가 오니 논에 가보라는 그의 아버지의 말소리에 잠이 깨었다.

"얘! 비가 많이 온다. 어서 일어나서 논에 가보아라!"

얼핏 잠이 깬 성순은 잘 떠지지 않는 눈을 비비고 일어났다. 비가 온다는 말에 정신이 벌컥 들었다.

"비가 와요? 빨리 가봐야겠군."

그는 등불도 없이 삽을 메고 새까만 어둠 속으로 삿갓을 쓰고 나섰다. 어느새 빗물은 개울에서 소리를 내며 흐르고 있었다.

그는 논두렁을 다니며 열어놓을 데는 열고 막을 데는 막았다. 아무 것도 보이지 않는 논두렁에 서서 한참이나 찬비를 맞고 서있었다. 어쩐지 마음이 놓이지 않은 까닭이다.

순환이가 기침 소리를 내며 다가왔다.

"벌써 나왔나?"

"다 해 놓았네! 이제 들어감세."

그러나 순환이는 한 바퀴 돌고 들어가겠다고 했다.

그날 밤 그들은 비 오는 기쁨과 동시에 비가 쉬 그칠 것 같은 염려로 잠들지 못했다. 이튿날 새벽에 그들은 맹꽁이 울음소리가 들리는 논에 거의 동시에 당도했다. 약물과 같은 비가 그치지 않고 내리고 있음에 그들은 종일토록 들에 서 있고 싶었다. 그러나 성순은 군청에 가야하 겠기에 집으로 들어가 조반을 먹고 나섰다. 두루마기도 없이 잠방이 적삼만 조금 깨끗한 것을 입고 참봉네 집으로 갔다. 삼십 리나 되는 길을 우산도 없이 비를 맞고 갈 수는 없었다. 군청에서 상을 준다고 했으니 할 수 없이 자동차로 가기로 했으며 그래서 돈도 빌리고 또 그 집에서도 상을 타니 같이 가자고 해서 같이 떠났다.

경화가 단오날 입었던 옷을 입고 떠나려던 참이었다. 성순이는 돈을 취했기 때문에 자동차가 다니는 데로 가서 몇 시간을 기다렸다. 시골 자동차는 시간을 모르며 더구나 비가 오는 날에는 형편 없이 늦어지는 것이다.

그들은 자동차에 탔다. 양복이나 입고야 타는 줄 알았던 자동차에 오르자 성순이는 자기도 비 한 방울 맞지 않고 가게 되는 것을 생각하며 자동차가 그다지 높은 사람만이 타는 것이 아님을 알았다. 길가에 선 포푸라 나무를 헤어보다가 헤지 못한 그는 자동차가 그렇게까지 빠르다는 것을 이제야 안 듯이 경화의 귀에다 입을 대고 말했다.

"자동차가 이렇게 빠르댔나? 나는 것 같구나!"

"그것두 몰랐댔니?"

"멀리서 볼 때야 그다지 빠른 것 같지 않던데?"

한참 있다가 읍에 이르렀다고 샛노란 표를 주고 내린 경화가 말했다.

"고 사이에 육십 전 먹었구나."

"눈 깜짝할 새에 없어졌는데. 그돈을 가졌으면 집에서 며칠이나 쓸지 모를 거 아냐?"

한 시간도 되지 않는 길을 육십 전이나 주고 온 것이 퍽으나 아수한 모양이었다. 성순은 자기 상을 타는 것이니 조금 나은 편이나, 점심이나 먹으라고 주는 몇십 전 외에 자기 돈을 들인 경화는 참으로 가슴이 쓰렸다.

그들은 비를 맞으며 군청으로 들어갔다. 한참 후에 나온 성순은 기뻐서 웃어야 할 것이지만 얼굴을 찡그리고 입술을 삐죽이었다.

"이것 받으러 비오는 날 여기까지 왔댔나? 자동차 값만 육십 전 빚으로 남았군."

"일등이니 이등이니 하더니 겨우 이걸 주느라고 법석을 떨었던가."

경화도 입술을 비죽이며 말을 했다. 그들은 제각기 나무 자르는 가위와 삽 한 개를 들고 힘 없이 나오는 것이었다.

"이거 들구 어떻게 집으루 들어간담. 집에서는 돈이나 나올 줄 알구 내가 오기만 기다릴 텐데……."

자기가 어리석었던 것이 분했다. 그것을 길가에 내던지고 싶었다. 비내리는 길을 걸을 때 젖은 옷깃으로 스며드는 써늘한 빗물은 모든 것을 귀찮게 했다.

돈을 듬뿍 주는 일등상을 꿈꾸었던 성순은 저밈 한 그릇도 못먹고 비를 맞으며 힘 없이 돌아왔다.

신축농장新築農場

"야! 자동차 온다. 내려와 봐라!"

"저것…… 두 개, 세 개나 지나가네. 야! 멋쟁이다."

"군도랑 찼구나!"

"너 거 어데 가는 건지 아니?"

자동차가 지나갈 때 소먹이던 애들이 소를 놓고 산에서 내려와 서로 떠들었다. 자동차같은 것을 매일 보는 그들이라 새삼스럽게 자동차 때문에 떠들 일이 아니지만 아무거라도 자동차가 지나가면 기어이 그것을 보고 그 속에 있는 사람까지 보고야 마는 그들이다.

"오늘은 순사들이 가지."

"무슨 일이 생긴 게로구나!"

"아니야, 내가 요전에 가보니까 농장사무소 옆에다가 파출소를 세웠드라. 그리로 가는 순사들이겠지." 구장의 아들로 보통학교에 다니는 지성의 말이었다.

"너 언제 갔댔니?" 언제나 지성이와 싸우려는 진억의 아들 인국이가 물었다.

"얼마 전에 학교서 선생님과 갔댔다. 왜?" 지성이도 지지 않겠다는 듯이 말했다. 이때 한편에서는 벌써 씨름판이 벌어졌다.

"자! 일등에 소 한 마리!" 씨름판에서 들은대로 소리를 치던 한 애가 지성이와 인국이를 끌어다가 씨름을 부쳤다.

인국이와 맞붙은 지성은 인국이보다 약하지가 않았다. 둘은 엎치락 거리다가 꼭같이 넘어지고 말았다.

둘은 서로가 이겼다고 뻗대는 바람에 싸움이 붙고 말았다.

"이자식! 학교에 다니면 다녔지 왜 건방지게 노니? 그래 지구두 지지 않았다는 개 같은 자식!"

"목도꾼의 아들 같은 놈! 누가 졌어? 진 사람 볼려면 네 얼굴이나 봐!"

"무엇이 어째? 네 애비는 구장이나 해먹는다구 그리 높은 줄 아니?"

자기의 아버지가 목도꾼이라고 하는 말에 인국은 성이 머리끝까지 올랐다. 찰싹 찰싹하고 나는 소리는 누구의 뺨에서 나는지 몰랐다. 그러나 귀하게 자란 지성은 마지막까지 견디지 못하고 인국이에게 깔리고 말았다.

"이자식 죽어봐라!"

인국이는 지성을 깔고 앉은 채 옆에 있는 돌을 들어 내리치려고 했다. 이것을 본 다른 애들이 큰일날 것 같아 달려들어 돌을 빼앗았다. 둘 다 열서너 살밖에 안 되지만 한 애는 학교에 다니고 한 애는 학교에 다니지 못한다는 점에서 언제나 충돌이 생기는 것이다. 또한 하나는 자기 소를 먹이고 다른 하나는 남의 소를 먹이며, 하나는 구장의 아들,

또 하나는 빈농의 아들이라는 데서 서로 미워하며 깔보기도 하는 것이다.

그들은 싸움을 그치려고 하지 않았으나 다른 아이들의 씨름이 다시 시작함으로 싸움은 끝났다.

"애들아, 북조포北漕浦로 갈려면 이길루 가면 되니?"

지나가는 사람이 길을 물었다.

"예, 그리루 가면 됩니다." 다 같이 대답했다.

"그런데 아직 몇 리나 남았니?"

"한 십 리만 가면 돼요."

머리에 수건을 동인 사람들이 보따리를 메고 고맙다는 말을 하고 갔다.

"저것두 목도꾼이지!" 지나가는 노동자를 본 지성이가 말했다.

"이자식! 목도꾼이 뭐야. 네 할아바지 아냐?" 인국이가 또 대들었다.

"네 할아바지지……."

"네 하래비지야!"

그들은 또 싸우려 들었다.

그때 멀리서 소들 잘 보라고 고함치는 소리가 들렸다. 소들이 밭에 들어가서 곡식을 먹고 있기 때문이다. 남의 소를 먹이는 인국이도 소를 잘 보아줘야 하므로 그도 소 있는 곳으로 뛰어갔다.

농장! 그것을 세우려고 계획하기는 십여 년 전부터이다. 그사이에 여러 사람들이 자동차로 와 보고 입을 벌리고 돌아가기만 했다. 서해변 육천 정보가 넘는 넓은 간사지를 개간하여 논을 만들기에는 작은 돈을 가지고는 생각도 못할 일이었다. 그래서 돈 많은 주식회사에서 이곳을 시찰하기가 몇 번이나 되었으나 그들도 자기들 주머니로는 시작도 할 수 없었다. 그러던 것이 작년에 일본사람의 회사 불티不二농장에서 손을 뻗혀 삼 년간 삼백오십만 원을 투자하여 만들 계획을 헤우고 금년 얼음이 녹자 시작을 하여 지금은 기초공사를 진행하는 중이다.

길이만 백십여 리나 되며 저수지도 양편에 두 개, 양수지楊水地도 두 개, 제당堤塘도 물을 만드는 만큼 그들의 계획은 누구나 놀랄만한 것이었다.

제일호 제당堤塘의 계획만을 보아도 전체의 계획이 얼마나 큰가를 알 수 있다.

북조포에서 북으로 미회리美會里 언덕까지 길이가 천삼백일곱 간 분이며 높이가 서른일곱 자나 되고 그 만수면滿水面의 여유가 일곱 자나 되며 그 천폭天幅이 스물넉 자나 된다. 제당의 기초는 물이 스미지 못하게 철판을 땅에다 꽂는다. 그 철판이 들어가는 길이가 열댓자나洋尺 되며 넓이가 일여덟 치가 되는 것으로 그것 하나를 꽂는데에 이십 원씩 먹힌다고 했다. 일 여덟치 짜리로 천간을 나가고 또 그위에 둑을 쌓니 제당 한 개에 돈이 얼마나 먹힐 것인가를 추측할 수가 없었다.

농장 근처에는 농장으로 가는 노동자들과 중국인의 떼를 매일 볼 수 있으리만큼 인부를 많이 쓴다. 그도 모자라는지 북만주 등지로 노동자를 모집하러 가기도 한다고 한다.

근방에서 농사짓기가 힘이 들어 하는 사람은 한 번씩 모두 가 보았다. 그러나 그곳에서 한 달 이상 있는 사람은 드물었다. 그만큼 삯전이 싸서 공연히 거기 있다가는 밥값만 늘게되므로 떠날 수 있는 사람은 누구나 그곳에서 오래 머물지 않았다. 그래서 공사를 시작한 지 벌써 두서너 달은 지났어도 그들의 계획인 하루 노동자 오륙백 명은 절반도 채우지 못했다.

모를 다 낸 순환이와 진억이도 멀지 않은 곳이므로 돈벌이를 하려고 내려갔다. 그들 뿐 아니라 누구나 한 번씩은 가서 며칠 간 일을 했다. 그 가운데서도 진억이와 순환은 가장 오래 일을 했다.

집이라고는 변소간도 없던 곳에 노동자들에게 밥을 파는 집, 물건을 파는 집들이 도회지같이 많이 들어서 있었다. 그러나 좁은 방에서 스무 사람 이상의 노동자가 자는 것을 볼 때 자기들의 생활이 조금 나은 것이라고 생각했다. 누추하고 보잘 것 없는 집이라해도 식구들이 쐬기 치듯 비좁게 자는 일은 없기 때문이다. 그러나 여러 사람들이 함께 뭉쳐 일을 하고 또 그 생활에 높은 사람과 낮은 사람의 구별이 없음에 살기가 무척 편했다. 돈은 하루에 사십오 전씩 받았으나 누구나 같은 액수이기 때문에 별로 불평도 없었다. 그리고 그들이 농사를 짓는다해도 그런 벌이가 되지 않을 것 같아 가을까지 만이라도 있기로 했다.

그들은 돌을 메어 나르는 일을 했다. 해변에 작은 섬이 하나 있는 것을 남포로 터쳐 그 돌을 옮겼다가 뚝을 쌓는 것이다. 그 일은 무척 힘이 들었다. 밝기 전에 시작해서 어두울 때까지 돌을 져다 나르면 어깨가 내려앉는 듯이 아팠고 온몸이 바늘로 찌르는 것 같이 쑤셨다. 그래서 도저히 매일 일을 할 수가 없어서 며칠에 한 번씩은 쉬지 않을 수가 없었다.

쉬는 날도 밥은 먹어야하니 그들의 손에 남는 것은 아무것도 없었다. 다만 일전이라도 손에 남는 것이 있어야 하겠는데 조금도 남지 못하니 그들은 집으로 돌아갈 생각을 해보았다.

"그렇게 돈을 많이 가지구 있는 회사에서 왜 이렇게 삯전을 조금 줄까?"

"글쎄 이렇게 일을 시키다가는 삼 년 아니 십 년이 지나두 다 못하겠네! 먹을 것이나 주어서 사람들을 많이 모아야지!"

몇 달이 되었어도 아직 별로 진전이 없는 벌판을 바라보며 그들은 이야기했다.

"바다에 뚝을 치면 이 넓은 간사지가 돈이 된다지. 우리는 그때 와서 농사나 지어먹세."

"말 말게! 지금도 삯전을 박하게 주는 그들이 자네에게 농사지어 먹게 우대 해줄 것 같은가?"

"그래두 회사 땅은 소작료가 적다드라." 순환이가 일터에서 잠시 쉬다가 일어나며 말했다.

그들은 일하다가 힘들 때에는 감독이 없는 것을 틈타 앉아서 잡담을 했다.

어떤 날 새벽에 일하러 나가자 자기네들보다 조금이라도 일찍 나오던 중국인들이 보이지 않았다. 조선사람들이 임금이 적다고 모이지 않자 중국으로 가서 데리고 온 중국노동자가 조선인보다 더 많던 그곳이 그들의 말소리가 없자 농장 안은 텅 빈듯 했다.

남포소리도 없고 구루마소리도 없으며 보이는 감독마다가 눈을 번떡이는 것이 조금 이상스러웠다. 더구나 한 명씩 밖에 오지 않던 농장 순사들이 네 명씩 떼를 지어 다니며 모자줄을 느리우고 고개를 기웃거리는 것이 이상했다.

돌을 옮기려고 석유상자를 메고가며 진억이가 말했다.

"그놈들 다 죽었나?"

"글쎄 무슨 일이 생긴 모양인데…… 오늘 아침에 조금 기색이 다르더라."

한참 일을 하고 있을 때 사람이 가장 많이 모여 일하는 제일호 제방 第一號 堤坊에 중국인 노동자 한 명이 나서서 서투른 말씨로 말을 했다.

(중간 일부 삭제 당함)

그날 하루 동안을 그들은 불안 속에서 지냈다. 누구나 할 것 없이 중국노동자들을 참으로 불쌍하다고 생각했으며 특히 잡혀가는 그 사람들을 볼 때 측은하게 생각지 않는 이가 없었다.

모두들 밤이 늦도록 불을 켜놓고 웅성거렸으며 또 쩌벅거리는 구두 소리도 그치지 않았다.

다음날 아침에는 농장이 죽은 듯이 조용했다. 남포 소리도 나지가 않아 농장일의 진행을 눈여겨 보던 근방 사람들까지 의심을 하게 되었다.

진억이와 순환이도 방에서 나오지 않고 누워 있었다.

"저이들두 하루 바삐 일을 하려하니까 이렇게 되면 돈을 올려줘서라두 일을 시킬걸……." 진억이가 말했다.

"그렇구 말구! 어쩔텐가! 일을 아니 시킬 수는 없는 노릇이구!" 순환이가 대답했다.

그래서 조선인 노동자들은 임금을 올려달라고 진정을 하기로 했다. 그 진정서는 진억이가 가지고 가서 제출하기로 했다. 그러나 진정서를 가지고 들어갔던 진억이는 보람도 없이 해고를 당했다. 그래서 집으로 돌아와서 다시 농사를 짓게 되었다. 그러나 그 동네에서는 농장임금이 조금 높아졌다고 그리로 가는 이가 점점 늘었다.

보리 가을!

하지夏至가 지난 지 열흘이 되도록 모를 심고 김을 매느라고 누렇게 익은 보리를 베지 못했던 성순이는 오월 그믐날에야 낫을 들고 보리밭으로 나갔다. 하지가 지나면 보리뿌리가 썩는다는 것은 모르지 않았고 또 보리를 베어 들여야 하루 빨리 자기의 곡식으로 먹고 살 것을 모르는 바 아니다. 그러나 그동안 진 품을 갚아줘야 했기 때문에 그는 이제야 겨우 지게를 지고 나선 것이다.

가뭄에 결실을 잘 못한 보리와 밀이지만 그래도 누런 빛깔을 보자 성순의 마음은 기뻤다. 이제부터는 보리밥이라도 남에게 빌리러 가지 않고 마음 놓고 먹게 되었다는 것을 생각할 때 천자라도 된 것 같은 기분이었다.

싯누런 보리밭에서 더운 김이 무럭무럭 올라오는 밭이랑을 따라 한 줌씩 한 줌씩 보리를 베어 눕혔다. 다른 곡식보다 가볍고 껄랭이가 많은 것이 대수로워 보이지 않았으나 그것이 자기의 목숨을 살리는 것이라고 생각할 때는 넘어진 이삭 하나라도 버리고 싶지 않았다. 남의 집에 쌀을 빌리러 아내를 보낼 때마다 이 때가 오기를 얼마나 기다렸던가?

작지 않은 밭을 혼자서 베기에는 벅찼다. 그러나 아픈 허리를 만져가며 한 묶음이라도 빨리 벨 생각뿐이었다.

허리를 굽히고 모를 심다가 다시 밭에서 몸을 굽히고 일하기는 너무나 힘들었다. 그래서 허리를 앓아 눕는 사람도 적지 않았다. 그래서 농부들은 자기 밭이 아니면 남의 밭 보리를 베어주지 않는다. 너무 심할 때는 앉아서 밥도 먹지 못하리만큼 허리가 아파서 일어서서 하는 일이나 하려고 한다.

성순이도 사람을 구할 수 없어서 혼자 꾸부리고 보리를 베었던 것이다.

땅에서 올라오는 더운 기운과 하늘에서 내려쪼이는 햇살은 가죽을 벗겨내릴듯 했다.

하늘에는 종달새도 날지 못하고 풀섶에서는 벌레들도 울지를 못한다.

"비가 온 뒤 날이 더워야 벼가 잘 되지만…… 다시 비가 오려구 이렇게 더운가? 하지가 지나면 구름만 떠도 비가 온다는데." 구름 한 조각이 가볍게 떠다니는 하늘을 쳐다보며 혼잣말로 중얼거렸다.

땀은 얼굴을 적시고 옷을 적신 뒤 등골을 타고 내렸다. 이따금씩 지나가는 자동차가 바람을 피우며 달아날 때 그 속에서 부채를 부치며 앉아있는 이는 무슨 팔자를 타고났을까 생각했다.

그럴 때마다 벌레만큼도 가치가 없는 듯한 자기 목숨이 더 천하게 보였다.

언제까지나 이러다가 죽을 것을 왜 이렇게 안달을 하고 있을까? 밤 낮으로 일만해도 죽음을 면치 못할 이 목숨을 살리겠다고!

그는 끓는 물 속에서 숨을 못 쉬는 사람같이 가슴이 답답하여 한숨 만 쉬었다.

바람은 보리잎도 흔들지 않았고 먼지 한 알 날리지 않았다.

멀리서 보리 베는 사람들도 자기와 같으련만 그래도 움직이고 있는 그들을 볼 때 자기도 부지런히 일을 해야겠다고 생각했다. 일할 때면 언제나 들리는 노래도 들리는 데가 없었다.

"북조포를 가려면 이리로 간디여?" 신작로를 지나가던 행인이 다른 지방 말씨로 길을 물었다.

"예, 그리루 가면 됩니다." 한 손에 벤 보릿단을 쥔 채 돌아서서 대답 했다.

"아직 몇 리나 남았당께로?"

성순이는 처음 듣는 말씨가 우스웠으나 대답을 해주었다.

"얼마 멀지 않습니다. 십리두 못되지요. 일하러 가십니까? 늙으신 분이……."

적은 보따리를 걸머지고 지팡이를 짚고 있는 행인은 퍽 늙어 보였 다. 수염도 희고 얼굴에 주름살도 퍽 있었다. 그래서 얼마나 먹을 것이 없으면 저런 늙은이가 일터를 찾아다닐까 생각했으나 늙은이의 이야기는 이러했다.

"나는 전라도 XX이라는 땅에서 왔는디 말이여, 그기서 아들 둘과 농사를 지어 그럭저럭 지내고 있었지라우. 풍년이나 들면 걱정 없이 지냈는디요, 몇 해는 당체 농사가 되야지 말이여. 그랑께 굶기를 먹기보다 많이 하면서 그냥 지내던 것이 금년 봄에는 맏아들놈이 으디로 도망을 쳤당께! 그놈이 없으니 농사도 지을 수 없고 앉아서 죽어야 할 형편이여! 그래서 이리저리 알아본께 그놈이 그 곳 몇 사람과 같이 이리로 왔다는디 말이여. 그래 아들놈을 찾아 여기까지 왔당께그려…… 죽기도 살기도 이렇게 힘이드는 것이어, 잉……."

눈물을 글썽이며 힘 없이 말하는 것을 볼 때 가련한 마음이 솟았다.

"그러면 아들을 찾아오신게웨다. 그려?"

"그렇체, 잉…… 여기 있기만 하면 좋겠는디……."

"요새 그런 사람이 많을지두 모르지요, 떠난지 얼마나 되었는데요?"

"벌써 두 달이나 되었으라우. 헛, 참 기가맥혀서, 잉."

지팡이에 힘을 주어가며 걸어가는 모양이 며칠 동안을 걸어 몹시 피곤한 것을 말해주는 듯했다.

"세상엔 고약한 사람두 많지, 부모를 버리구 도망을 치다니 죽어두 같이 죽어야지!" 어린애처럼 눈물겨워하는 노인의 말을 듣고 성순은 혼자 중얼거렸다. 그러나 눈을 뜨고 죽어가는 가족들 꼴을 보는 것보다 돈을 벌어서 살게해야겠다는 젊은이의 생각은 헤아리지 못했다.

소경의 걸음같이 비틀거리는 늙은이의 그림자는 점점 멀어져갔다. 성순은 멍하니 그편만을 바라보고 있었다. 그는 얼마 전에 이 길을 지나가던 몇 사람을 생각해냈다.

며칠 전 어떤 늙은이와 젊은 여자가 밤중에 이 길을 걷다가 동네에 머물렀다. 그들은 잘 곳과 먹을 것을 구하고 있었다. 차비로 돈을 다 쓰고 먹을 것도 없었지만 자기의 며느리만은 밖에서 재울 수가 없다고 애걸을 했다. 신랑이 없다면 시집에서 안 살겠다는 며느리를 데리고 아들을 찾아가는 사람이었다. 그들의 얼굴은 여위고 눈알은 쑥 들어갔었다.

그 뒤에 어떤 날 아침에는 오륙십 세쯤 된 남자가 밥을 얻어 먹자고 구걸을 했다. 옷도 말끔하게 입은 사람이 왜 구걸을 하느냐고 물었더니 그는 이렇게 대답했다.

"거지는 아니웨다. 돈벌이를 왔더니 늙은이라구 일도 시켜주지 않아서 그저 돌아가는 사람입니다. 노비는 없구 길은 가야하겠기에 밥은 얻어 먹으며 가는 사람이웨다."

정신 없이 멍하니 서서 이런 생각을 하던 성순은 세상은 이렇게 살기가 힘드는 것이라고 생각했다.

사람들이 비극 속에 사는 세상이 나쁜지 남보다 잘못 사는 사람들이 잘못인지 성순이는 도무지 알 수가 없었다. 세상도 잘못된 것 같고 사람들에게도 잘못이 있는 것이리라.

손에 땀이 나서 쥐었던 낫자루가 미끈미끈했다. 이마에서도 땀이 떨어졌다. 그는 흐르는 땀에 번질거리는 팔뚝을 움직이며 낫질을 했다.

해가 하늘 중간에서 조금 기울어졌을 때 점심을 먹으러 들어갔다. 마당 귀퉁이에 서 있는 살구나무에서 벌겋게 익은 살구를 따서 한입에

넣고 씹으며 혼잣말을 했다.

"살구꽃이 피던 때가 얼마 안 되었는데 벌써 먹게 되었군. 이것두 배가 부를 때라면 얼마나 신이나겠나……."

가장 잘 익은 살구 몇 알을 따가지고 그는 방으로 들어갔다.

"아버지! 좀 어떠십니까? 살구라두 한 알 잡숴 보시지요!"

"이제는 죽으려는 게다! 다 싫다!" 숨을 거칠게 내쉬며 마음대로 돌아눕지도 못하는 아버지가 말했다.

"왜 그런 말씀을 하시나요? 요즘 번지는 감기겠지요. 아버지야 그래두 몇 해는 걱정 없습니다."

"그런 말 마라! 어서 죽어야 편안하겠다."

"집안사람은 안 들어왔나요?"

"왔다 나가드라…… 너두 한 술 먹구 나가야지…… 그런데, 보리는 얼마나 비었니?" 그의 말은 마디마디 끊어지며 힘이라고는 조금도 없었다. 그렇게 강팍하고 고집스럽던 이가 몇 번 앓고 나서는 말 한 마디도 크게 못하는 것이 성순의 마음을 괴롭게 했다.

"빨리 나가보아라! 어서 보리를 비어야지 혼자 그걸 다 빌려니 얼마나 허리가 아프겠니? 조금씩 쉬어가며 해라! 일만 생각하구 몸을 돌보지 않아서는 안 된다."

성순이도 밥 한 술을 먹고 나갈 생각이었으나 아버지가 전에 없던 말을 해서 죽으려는 사람 같은 생각이 들어 겁이 덜컥 났다. 아버지가 이제 죽어도 많이 살았다는 마음도 들었으나 갑자기 측은한 마음이 생겼다.

"아버지, 그리 근심이 되시면 제가 집에 있지요!"

말이 끝나기 전에 대답을 하려고 말을 꺼냈지만 숨이 찬지 아버지는 힘들여 가며 겨우 말을 이었다.

"그런 소리는 하지 마라! 죽긴들 오늘 죽을 것이며 네가 있는다구 낫긴들 하겠니? 어서 가서 보리를 베다가 그것으루 하루 바삐 밥을 지어 먹어야 되지 않겠니? 나두 햇보리루 지은 밥이나 먹어보구 죽자꾸나."

성순은 집을 나왔다. 그러나 어쩐지 아버지가 금방 돌아가실 것 같았다.

오전보다도 더위는 더했고 머리는 더 어지러웠다.

"아버지가 누어 앓는데 며느리는 김매러, 아들은 보리 베러 나갔다고 하면 남들이 뭐랄까? 그러나 남의 김품은 갚아야 하고 보리는 하루 바삐 베어다가 털고 또 밭을 빨리 갈아 팥과 메밀을 심어야 할 우리가 아버지 병 때문에 집에 우두커니 있으면 어찌될꼬. 말을 들어도 할 수 없지. 다 돈 없는 탓이 아닌가?"

그는 보리를 베며 한길 두길 앞으로 나갔다.

이틀 동안에야 겨우 다 베었다.

"무엇보다두 하루 바삐 마당질을 해서 보리쌀을 내도록 해라."는 아버지의 간곡한 말에 어두울 때까지 보리를 져다 날랐다.

그 다음날도 하루종일 져다 날랐다.

허리는 칼로 잘라버렸으면 시원하리만큼 쓰리고 아팠다. 그렇다고 누울 수가 있으며 옮기던 보리를 그냥 두어둘 수 있는가?

다른 사람들은 벌써 근경(보리밭에 팥 같은 종자를 뿌리고 가는 것)

을 하는데 자기는 보리를 털고 난 뒤에야 하게 되었으니 남보다 퍽 뒤떨어지게 될 것이 분명했다.

걸음을 재촉하며 쉬지 않고 보리단을 옮겼다.

참봉네 마당에 쌓아둔 보리를 다음날 털기 시작했다.

돌아가는 도리깨에 와삭 와삭 떨어지는 보리알은 이리로 저리로 튀어 간다.

"맛질을 벌써 하누만! 저 사람은 부지런해!" 지나가던 동네 늙은이들이 말했다.

"이르지두 못하웨다." 도리깨질을 하며 대답했다.

"자네네 보리가 제일 잘 되었을걸…… 다른 것들은 전부 말라서 먹을 것이 없드라구!"

"이삭을 보아선 보리가 날 것두 같지 안쉐다. 얼마나 날런지!"

"나와서 노늡시다!" 다 털고 참봉의 집으로 들어간 성순이의 말이다.

"응, 나가마!" 여자의 말소리다.

한 번도 나와보지 않던 참봉의 처가 보리 나누는 것을 보려고 나왔다.

"곳간에서 가마니를 내와야 담지!"

성순이는 참봉네 적은 곳간에서 가마니 몇 개를 꺼내어 왔다.

"우리 것부터 되게!"

붓축질(바람으로 보리 검불을 날리는 일)을 할 때 키질을 해주러 왔던 진심이가 가마니를 벌리고 성순이는 보리를 되어 넣었다.

"한 말, 두 말……." 목소리를 높여 말 수를 헤며 그는 한 말이라도 많아지길 원했다. 또 이제는 먹을 것이 생겼구나 하는 생각에 무척 기뻤다.

"마당을 잘 쓸구 가라구!"

두 섬 한 말씩 나눠 가진 성순은 보리짚을 쌓아두고 마당을 치운 뒤 지게를 지고 보리를 날랐다.

"넉 섬이 다 우리 것이라면 무던하겠건만……."

그는 쓸데없는 소리를 하면서도 그래도 기쁜 듯이 보리섬을 만지작거렸다.

의사

"요전에 빚내온 돈 다 썼소? 입쌀두 조금 사야 모뎅이를 뜨지 않겠소?"

"그래서 조금 남겨두었지! 쌀이나 두어 말 살 수 있을거야."

"그럼 언제 모뎅이를 뜨겠소? 빨리 사둬야하지 않을까요?"

"글쎄, 순환이가 내일 모레쯤 뜨자구 그러든데! 그럼 당신이 오늘 장에 가서 쌀 두어말 사가지구 오구려!"

성순이는 뒤지 속에 꽁꽁 싸두었던 이원오십 전을 꺼내 진심에게 주었다.

"사람을 얻지 않구 우리끼리만 할 수 있다면 이런 돈은 안써도 되지 않겠나." 만져보기 힘든 돈을 내주며 그는 아까운 듯이 말했다.

"이것을 다 쓰면 돈 쓸 일이 또 생길 때 어찌하노!"

그러나 사람을 얻지 않고는 한꺼번에 모덩이를 뜰 수 없다.

"여보! 돈이 남으면 아버지 드릴 반찬이나 좀 사오구려."

"남기만 하면 사다 드리지요."

며칠 동안 자리에 누워 앓고 있는 아버지에게 아무것도 못 해올린 성순은 보리밥에 된장만 드리기가 미안했던 것이다.

아버지의 병환은 나날이 더해만 갔다. 감기 같아서 매약상이 맡기고 간 약봉지에서 금계랍도 드려보았고 소화불량도 같아 감초뿌리도 대려드려 보았건만 아무것도 듣지 않았다.

"고열에 돌아가시기나 하면 어찌할고?" 이런 근심이 나도록 병이 심했다. 소변과 대변은 물론 거두어주어야 했지만 혹시 아무도 없는 사이에 죽지나 않을까하여 그들은 한시도 병자 옆을 떠나지 못했다.

진심이 장에 갔다 올 동안 성순이가 아버지를 간호했다.

"얘, 성순아! 영순에게 편지나 해라. 마지막으루 한 번만 보았으면 좋겠다구 해라! 으흥!"

아버지는 기침을 자주하며 자기가 얼마있지 않아 죽을 것이 분명하다는 듯이 평양 간 작은 아들 이야기를 자꾸 한다.

"편지는 하리다마는 다른 생각은 하시지두 마시구 마음 편안히 자십시요!" 성순이는 위로의 말을 하기는 하나 아버지의 생명이 그다지 길지 못할 것을 느꼈다. 그러나 벌써부터 남의 집에 있는 동생을 오라고 편지를 하고 싶지는 않았다.

"편지를 쓰니, 응?"

"이제 쓰지요!"

"이제 쓰다니? 빨리 써라 한시가 바쁘다."

"걱정 마세요."

"너 편지 안쓰면 나는 안달이 나서 더 빨리 죽겠다."

"그럼 쓰지요."

그는 할 수 없이 손가락만한 연필로 백로에다 편지를 썼다. 그러나 아버지의 병세가 위독하니 빨리오라는 말은 쓰지 않았다. 상점에서 일하느라고 죽을틈도 없다는 아우를 오라고 하면 그야 올 수도 있기는 하겠지만 오느라고 여비도 쓸 것이고 상점에서도 좋아할 것 같지 않아 그런 말을 쓰기가 망설여졌던 것이다. 그러나 동생에게 알리지도 않은 사이에 아버지가 돌아가시면 어떻게 할까? 그는 결국 쓰지 않을 수 없었다. 쓰기는 했으나 그것을 부칠까 말까 또 망설였다. 그 편지를 받으면 동생이 놀랄 것이며 그래서 오라는 말을 쓰지 않아도 급히 올 것처럼 생각되었기 때문이었다.

쓴 편지를 아버지에게 한 번 읽어주고 곧 부치겠다고 하고는 궤 속에 넣어두었다.

진심이 돌아왔다.

쌀 두 말을 다 사면 남는 돈이 없을 것 같아서 쌀은 한 말 반을 사고 나머지는 고기 조금과 다른 반찬을 조금씩 사왔다.

"배가 자꾸 아프다!" 아버지가 애들같이 앓는 소리를 하며 배가 아프다고 한다.

성순이와 진심은 병자가 앓는 소리를 할 때마다 가슴이 내려앉곤 했다.

아프다는 곳마다 뜨거운 물로 물찜도 해주었고 돌을 달구어 불찜도 해주었다. 그러나 갖은 방법을 다써도 조금의 효과가 없을 때 그들의 근심은 더욱 커갔다.

"늙은이의 병이니 한참 끌구 갈거요, 집에 꼭 붙어서 간호 잘하오!" 다음날 논으로 나가는 성순이가 진심에게 당부했다.

"급한 일이 생기면 곧 알리소!"

"걱정말구 일이나 하소. 늙은이는 다 그런 게지!"

성순은 이슬이 비 오듯 하는 풀밭을 지나며 일꾼들과 같이 이야기 했다.

"집에 늙은이는 없어야 할 게야! 먹을 것두 없는데 늘 편안치 않으니 언제나 맛있는 것을 드릴수두 없구…… 맛 없는 것은 먹지를 않으니 힘드는 것은 젊은이들 뿐이야!"

"그렇구 말구. 우리두 지내보았지만 그것이 제일 힘든 노릇이야!" 얼마 전에 자기의 어머니를 잃은 경화가 대답했다.

"또 병원에 가보려구 해두 맞돈을 내지 않으면, 그리구 허름한 옷을 입구 가면 약두 잘 지어주지 않는다니까! 그러니 병원에두 갈 수가 없데!"

"그렇구 말구. 얼마전 청결 때 군청에서 사람들이 나와서 청결하게 살며 조금만 몸이 불편해두 의사에게 보이라구 강연을 했지만 그건 돈 있는 사람들의 노름이지 우리 같은 놈에게야 꿈인들 꿀 노릇인가?" 경화가 다시 말했다.

"참 그렇기두 하데! 내가 넉넉할 때는 쩍하면 병원이니 무에니 했는데 요새는 누우면 앓는가보다 그런 정도루 되데. 모두 돈 있을 때 하는 말이야!' 얌전이 아버지가 말했다.

전에는 희기로 유명했던 그의 살이 까맣게 탔고 그의 얼굴에는 수염이 거칠게 났다.

호미 하나씩을 들고 바짓가랭이를 불두덩이까지 걷어 올린 뒤 논으로 들어가 모 사이의 흙을 뒤집어 놓으면서 그들은 이야기를 그치지 않았다. 순환이의 집에서도 몇 사람이 조반을 먹고 나왔다.

"돈이란 그놈을 마음대로 써보구 죽을 수는 없을까? 그놈이 참으로 이상한 놈이야!' 물속을 걸어가며 말하는 그들의 목소리는 더욱 커갔다.

"그것이 하필 무엇이기에 세력이 그렇게 클까?'

"그런 것을 보면 징역은 하지만 뒷동네 형식이가 마음은 커! 돈을 만들어 쓰다가 잡혔다지 않아!'

여러 사람들이 제각기 자기의 말을 하려고 큰소리로 덤비고 있을 때 농장에 가서 일을 하고 온 순환이가 말을 꺼냈다.

"돈이 우리에게는 왜 없는지 아나? 돈이 없다구 앓지만 말구 그것을 알아야 한단 말이야! 돈이란 것은 누구에게만 있는고 하니 부자에게만 올켜 있어. 그렇게 어떤 사람들 손에서만 그놈이 놀구있기 때문에 우리 같은 것은 상대에 돈을 못 쥐어보구 죽게 되는 거라네!' 노동자들과 얼마 동안 있으며 주워 들은 말로 강연을 하듯이 말을 이었다.

"보게! 이 동네 김참봉이나 넘어 동네 최주사 같은 이야 돈이 얼마든지 있지. 그런 이가 세상에 없다구하면 밥 굶어 죽겠다는 사람이 당초에 없을 걸세!'

모두 그말에 동조하며 "사실 그래!" 하는 말이 연방 나왔다.

절벅 절벅하며 모뎅이를 뜨던 그들은 잠시 말이 없었다. 그때 누가 한편에서 가만가만 그러나 알아들을만큼 낮은 목소리로 말을 꺼냈다.

"어제 뒷동네 일하러 갔드니 참 별난 것 다 보겠더라! 늙은 사람이 길을 가다가 죽었는데 아들을 찾아왔던 사람이라나! 참, 끔찍하더라!"

"나두 오늘 아침에 들었는데 참으로 불쌍한 사람두 있어. 아들두 찾지 못하구 게다가 며칠을 굶어 그만 그곳에서 쓰러졌대! 무섭더라!"

(중간 일부 삭제 당함)

이때 성순의 처가 급히 나왔다. 성순은 무슨 큰일이 난듯이 뛰어갔다. 일하던 사람들도 허리를 펴고 뛰어가는 성순을 바라보았다.

"무슨 일이라두 생겼나?" 얼굴색이 변한 성순을 본 순환이가 따라가 물었다.

"아버지가 조금 편찮다구하네! 일들 하게. 집에 좀 갔다올 테니." 아내에게 뛰어갔던 성순이가 되돌아와 말했다.

"빨리 들어가 보게! 거 참 큰일 났구만!"

성순은 뛰어 들어갔다. 아버지는 조금 나아서 잠이든 것 같다고 하나 숨이 차서 힘들게 호흡하는 것을 보자 심상치 않은 일이라 생각했다.

"아버지! 아버지! 물 좀 잡수세요!"

병인의 몸을 흔들어 깨웠으나 아무 대답도 없었다.

"여보! 언제부터 이렇소?" 진심에게 물었다.

"조금 전에 갑자기 토하시더니 정신을 잃었어요." 눈물이 나오려는 것을 참아가며 진심이 대답했다.

"이러다가 큰일나겠소! 내 병원에 갔다 오리다!" 그는 병원에 가려고 일어나며 이제는 동생에게도 알려야겠다는 생각으로 궤 속에 넣어두었던 편지를 꺼내어 "빨리오너라!" 라는 말을 덧붙였다.

"봉투가 있어야 편지를 부치지! 어데 가서 좀 얻어올 수 없을까!" 그는 심지의 불이 기름 속으로 붙어 들어가는 남포를 보고 도망치는 사람같이 덤볐다.

"내 참봉댁에 가서 한 장 빌려오지요!"

진심이가 재빠르게 문을 차고 나갔다.

갔다 온 진심은 참봉이 없어서 모르겠다고 하더란 말을 했다. 이러다가 의사도 오기 전에 죽으면 사망신고도 할 수 없을 것을 아는 성순은 병원에 가서 봉투를 얻자고 생각하고 달려나갔다.

"여보, 의사님 계십니까?"

의사는 있었다. 그러나 급해서 맨발로 뛰어온 성순의 말은 들은 척도 않했다.

"여보, 사람이 방금 죽게 되었으니 빨리 가봐 주십시요!"

"그렇게 급하다면 왜 입때까지 뵈지두 않았소? 먼저 와서 가달라는 손님이 있기 때문에 지금은 못 가겠소!"

"그럼 언제 오시게 될까요?"

"글쎄, 낸들 알겠소."

종내 의사는 와주지 않았다. 성순이는 봉투 한 장을 얻어 겉봉을 썼다. 그러나 우표 값도 안 가지고 와서 편지를 그냥 가지고 돌아왔다.

"의사가 짬이 없다구 안 오겠다네! 어데 그새 좀 어떤가?"

"난 그럴 줄 알았소. 돈이 있어야 어데라도 다닌다우. 맨손으로 헌옷을 입구 갔으니 어찌 오겠소? 빨리 어데 가서 의사 태우구 올 말이나 대여가지구 갔다오소!"

성순이도 그것을 모르는 바 아니었다. 그러나 괘씸한 의사가 미웁게만 생각되었다. 마음 같아서는 다시 그집에 가고 싶지 않았으나 의사의 진단서가 없으면 사망신고를 낼 수 없음에 말을 구해 다시 가보기로 했다.

모뎅이를 뜨느라고 분주한 이때 돈을 준대도 말을 쉽게 구할 수가 없었다. 오리도 못되는 가까운 길을 의사를 태워오려고 오십 전으로 말 한 필을 겨우 구했다. 말을 몰고 병원에 오니 의사는 아직도 방안에 있었다.

"빨리 가주십시요!" 아무 데도 가지 않았을 것을 잘 아나 그래도 이렇게 말하고 말은 문턱에 대어놓았다.

"출장비와 약 값은 전부 물겠소?" 말 위에 오르며 의사가 물었다.

"인명이 경각에 있는데 그것이야 물지 않겠습니까? 빨리 가주십시요!"

길 옆에서 우표 한 장을 사서 봉투에 붙여 뻘건통에 넣었다.

"내일 아침에는 받아보겠지! 빨리 들어가주었으면 돌아가시기 전에 올 것도 같은데." 이렇게 생각하며 말 뒤를 따라 걸었다. 의사의 살찐 굵은 목이 보였다.

"이 집입니다. 내려서 들어가십시다." 말에서 내린 의사가 집을 휘

둘러보고 들어갔다.

"어데 봅시다!" 한 마디를 하고는 청진기를 귀에 꽂고 병자의 몸을 짚어본다.

"병은 무슨 병입니까?"

"감기가 쐤는데…… 조금 위험하군!" 청진기를 가방에 넣으며 더 앉아있으려고도 않고 일어서며 말했다.

"방이 이렇게 더러우니 병이 생기지! 우리집에 가서 약을 가져오우!" 방안을 한 번 둘러본 뒤 곧 나가서 말을 탔다.

의사를 태우고 갔던 마부馬夫가 약 한 봉지를 가지고 와서 출장비 일원과 약 값 팔십 전을 빨리 보내달란다는 말을 하고 갔다.

"보리쌀 열두 말을 했는데 그중 너 말은 팔아야 그 돈을 갚겠구나!"

부상父喪

의사의 약은 전부 먹었으나 차도는 조금도 있는 것 같지 않았다.

눈도 뜨지를 못했고 앓는 소리도 제대로 못했다. 병자의 옆에 앉아 있을 땐 병인의 괴로워함을 보며 빨리 낫기를 원했으나 문밖에 나서기만 하면 장례 걱정이 앞섰다.

"여보, 저녁때가 되지 않았소? 일하는 사람들의 밥을 저야지요! 빨리 나가서 밥을 하오!"

진심도 한심하여 우두커니 정신을 잃은 사람처럼 앉아있다가 성순의 말을 듣고나서 부엌으로 나갔다.

"아버지! 말씀 좀 하십시오. 성순이예요."

아버지는 묻는 말에 대답은 않고 알아듣지 못할 군소리만 하였다. 점점 정신이 흐려지는 모양이었다.

성순은 물을 떠다가 아버지의 얼굴과 손발을 씻어주고 무겁기만 한 이불을 바로 덮고 몸을 바로 잡아주었다.

몸에는 힘이 없고 심장 뛰는 소리도 들리지 않는 듯한 생명이 꺼져 가는 아버지를 볼 때 성순은 우렁찬 음성과 화가 날 때는 몽둥이를 휘 두르던 옛날의 아버지를 생각했다.

그는 눈물 한 방울을 무릎 위에 떨어뜨렸다.

"사람은 이렇게 힘 없이 죽는 것인가?"

그는 말할 수 없는 슬픔에 몸을 떨었다. 차츰 죽음 속으로 빠져들어 가는 아버지를 차마 볼 수 없었다.

"여보! 논에 가서 밥 짓는다구 말을 하구 와서 밥을 지으소. 앓는 사 람 집에 와서 밥을 먹으려는지 모르겠지만."

"그럽시다." 진심은 대답하고 곧 논으로 나갔다. 이제 죽으면 무엇 으로 장례를 지낼까하는 생각이 진심의 머리에 떠오르자 머리가 아찔 하여 길이 뱅글뱅글 도는 것 같았다. 앞산이 잘 보이지 않았으며 맑은 날이 흐린 것처럼만 느껴졌다. 진심은 갑자기 시동생을 생각했다. 시 동생만 있다면 이런 때 힘이 돼줄 텐데…….

사람이 죽어가도 누구 하나 말을 건네주는 사람이 없고 어찌해야 좋 을지 몰라 애타할 때에 의논할 사람 하나 없는 것이 너무나 서러웠다.

그는 평지를 걸어가면서도 돌이 많고 구멍이 많은 험한 길을 걷는 것 같이 느껴졌다.

"집에서 저녁을 지으니까 일찍들 들어와서 저녁을 잡수소!"

겨우 이 말 한 마디를 하고 돌아선 진심은 순환이가 옆에 와서 병환이 어떠냐고 묻는 말에 대답도 못했다.

"고만 두시소! 다들 자기집에 가서 먹기루 했다우." 이말에 진심은 돌아섰다.

"집에서 밥을 짓구있어요, 오셔야지요!"

"그러지 말구 어서 들어가기나 하소. 먹으러 갈 사람두 없쉐다."

병자가 있는 집에 저녁을 먹으러 갈 사람이 어디 있겠는가. 순환은 성순이 대신 자기집에서 저녁을 먹이리라 생각했다. 진심은 아무 말도 못하고 돌아갔다.

"어떻게 됐오! 오겠다구 합디까?"

"고만두겠대요."

그들은 다시 입을 열려고도 하지 않고 서로 병자의 얼굴만 보고 있었다.

아버지는 잠이 들었는지 숨소리도 없이 눈을 감고 있다. 죽은 사람이 다 된 것 같았다.

진심은 소리를 죽여 울기 시작했다. 그러나 그 울음은 성순을 더욱 괴롭게 했다.

"울지 마소! 아직 맥이 노는데!" 아버지의 팔목을 잡고 있던 성순이 아내를 달래었다.

그들은 그대로 밤을 새우려는지 물 한 모금 먹지 않은 채 꼼짝도 않았다.

날이 어두워져갈 때 순환이가 찾아왔다.

"조금 어떤가?"

"그저 그렇네."

"잠이 드셨나?"

"나는 아까 큰일이 난 줄 알았네."

밤을 새우려고 해도 등잔에 기름이 없었다. 불도 없이 병자와 함께 밤을 새울 수가 없어 성순은 순환에게 석유를 조금 빌려오라고 부탁했다. 그말에 순환이가 나갔다.

한참 후 순환이가 석유 한 병을 들고와서 말했다.

"아무리 돌아다녀두 석유 있는 집이 없대……. 바통골집에 가니까 그집에야 석유가 있었는데 빌려주지는 않구 다음에 돈으로 달라구 하데."

"수고 했네!"

불을 가늘게 켜놓고 흐미한 불빛 아래서 창백한 아버지의 얼굴을 내려다 보았다.

"가보지, 응?"

"가서 할 일이 있나. 같이 하룻밤을 지내세!"

"곤하지 않겠나?"

"자네는 곤하지 않은가? 다 같지!"

사실 동무가 곁에서 함께 밤을 새워준다는 것이 여간 마음 든든한 일이 아니었다. 그래서 말로는 가라고 했지만 있어주었으면 하는 마음이 간절했던 것이다.

병자를 둘러싸고 하나는 머리에 하나는 가슴에 또 하나는 발 있는 곳에 앉아서 모두 고개를 숙이고 있었다.

언제 어떻게 될지 몰라 제각기 정신을 차리고 눈을 부릅뜨고 있었으나 따가운 햇볕 아래서 허리를 굽히고 종일 일한 그들이라 피곤을 이기지 못해 깜빡깜빡 졸고 있었다. 그러나 졸면서도 희미한 불빛에 비치는 병자의 얼굴에서 눈을 떼지는 못했다.

상성별과 모재기(별 이름)가 없어졌을 때 오줌 누러 나갔던 순환이가 들어와서 말했다.

"이제는 우리두 잠을 자야겠네! 아버지가 숨이 편안하고 잠이 드셨으니까 산 사람두 잠을 자야지!"

그들은 불을 켜둔 채 잠을 잤다.

모기가 무는지 벼룩이 깨무는지 정신 잃고 잠든 그들은 밤 동안 아버지가 죽었다 해도 알지 못했을 것이다.

순환이가 옆에 있어서 마음 든든하여 겁이 덜 났던지 날이 밝아올 때 닭소리를 듣고야 성순은 잠에서 깨었다.

아버지는 자는지 깨어있는지 간간이 앓는 소리를 내고 있었다.

"일어나게! 좀 보라구 어찌됐나." 성순이가 가만히 말했으나 진심과 순환은 놀란 듯 일어나 눈을 부빌새도 없이 병자를 보았다. 병자는 가래가 끊는지 숨 쉴 때마다 그렁거렸다. 손빛은 점점 파래지고 있었다.

창은 점점 밝아지건만 사람의 명은 점점 어두워만 가고 있었다.

"자네 널槶은 있나?" 이제는 별 수가 없음을 안 순환이가 자기라도 나가서 장례 준비를 해줘야겠기에 이런 말을 물었다. 성순도 어쩔 수 없다는 것을 알았는지 마음을 진정시키며 말했다.

"널이라니? 있을 리가 있나. 아버지가 십여 년 전에 한 개 만들어 두 었지만 어머니가 돌아가셨을 때 그걸 썼지! 그러니까 목수라도 데려와야지 . 널을 만들어 파는 데가 어데 있겠나? 좀 가주겠나?" 순환은 만들어 오든지 목수를 부르든지 하겠다며 밖으로 나갔다.

성순은 육년 전 어머니가 죽었을 때를 생각했다. 그때는 아버지가 전부 맡아서 시신도 만지고 장례도 하여 성순이는 별 어려움 없이 다만 어머니의 죽음을 슬퍼했을 뿐이었다. 만들어 둔 관도 있었고 땅마지기도 지금보다는 낫게 가지고 있었기 때문에 그다지 힘들지 않게 장례를 치루었다. 그러나 오늘은 흰손 하나로 어떻게 장례를 치룰까가 문제였다.

"여보! 쓸데 없소. 울어야 소용있나. 한시 바삐 염이나 만드소!"

치맛자락으로 눈물만 씻고 있던 진심이도 뒤지를 열고 옷가지를 꺼냈다.

"아무 것으로라도 하구레! 있는 대루 해야지!"

진심은 자기가 시집왔을 때 남편의 옷이라고 명주저고리를 한 채 가져왔던 그것과 당목바지를 뜯어 수의를 만들었다.

"이것만 하면 어떻게하우, 버선과 두루마기두 있어야지 않소? 그리구 상복이 하나두 없는데."

벌써부터 문제가 일어난다. 남들이 보는데 당목바지를 입히기도 부끄러운 노릇이었지만 버선과 두루마기가 없으면 보는 사람이 얼마나 욕을 할까 하고 생각하니 또 눈물이 나오려했다.

어머니가 죽었을 때 만들었던 상복은 입을 옷이 없어서 뜯어고쳐 입었으니 그것도 사야 할 것이다. 날은 완전히 밝았다. 닭이 홰를 치며 모이를 쪼는 소리가 들렸다. 암탉이 모이 찾는 소리를 낼 때마다 병아리들은 삐약거리며 암탉의 부리로 모여든다.

"저 병아리들은 아무 근심도 없으리라. 어미가 죽건 애비가 죽건 모이나 먹었으면 그만이겠지! 아! 사람은 무슨 죄를 지었나?"

오 분을 더 살지 십 분을 더 살지 모르는 병자를 두고 밖에 나갈 수도 없는 형편이라 성순은 모든 일을 순환에게 맡기지 않을 수 없기 때문에 관을 구하러 나간 그를 눈이 빠지게 기다렸다.

"아우님이 오늘 올려는지……. 좀더 빨리 편지라도 했으면 좋았을걸!"

"오늘이야 오겠지!"

사람이 귀할 때인만큼 멀리 있는 동생이라도 빨리 왔으면 하고 기다렸다.

누가 와서 거들어주는 이도 없으며 손에 돈이 없으니 무엇하나 장만할 수도 없었다. 가슴만 답답할 뿐이었다.

조반 후 경화와 진억이가 찾아왔다. 이때까지 발길도 안 했다가 이제야 찾아오는 그들이 밉기도 했으나 아직 한 번도 들여다보지 않는 사람들보다 그래도 고마웠다.

"이제는 다 틀렸네! 자네들 오늘 할 일이 없으면 집에 좀 있어주게."

너무나 한심해서 붙들어두기는 했으나 그들에게 무엇을 시켜야 좋을지도 생각나지 않았다. 어데가서 돈을 빌려오랄 수도 없고 병자를 맡기고 자기가 나설 수도 없으니 답답하기만 했다.

진억이와 경화는 우두커니 앉아서 동정만 살피고 있었다.

"정말 죽고싶네. 이렇게 딱한 노릇두 있나? 아버지를 어떻게 파묻는단 말인가, 응?"

성순은 진억이의 무릎에 꺼꾸러져 울었다.

"성순이 이러지말게. 죽은 사람 때문에 산 사람이 실신을 해서야 되나? 마음 놓구 의논하세! 자! 일어나 앉어!" 성순을 일으켜 세우며 진억이가 말했다.

"근심 말게. 없는 사람이 자기 푼수대루 하면 되잖나?"

"그래두 조금이나마 있어야 푼수구 뭐구지!"

"죽은 사람은 죽은 사람이라네. 산 사람이 죽은 사람 때문에 죽어서야 되겠나? 힘 자라는 대루만 하세!" 진억이가 성순의 등을 쳐주며 위로하듯 말했다.

"순환이는 어째서 아직도 안올까?"

"어디 갔는데?"

"밝기 전에 목수를 데리러 갔는데."

"이제 오겠지!"

진억이는 경화에게 앉아있으란 말을 하고 밖으로 뛰어나갔다.

성순의 얼굴은 먹지를 못한데다가 상심을 하여 하루만에 몰라보도록 수척해 있었다.

장례葬禮

"형님! 아버지가 어떻게 되었어요, 네?"

목으로 땀이 비오듯 흐르는 것도 씻을 생각을 못하고 뛰어든 영순永
淳이가 울부짖었다. 형님과 형수에게 인사는 둘째였다. 영순은 죽어가
는 아버지 옆으로 달려들었다.

"아버지! 제가 왔어요. 대답하세요."

"응, 영순이가!" 희미한 대답을 겨우한 아버지는 눈을 한 번 떴다가
다시 감았다.

"애! 영순아 너무 그러지 마라, 응! 참아야지 않니!"

성순은 보기가 괴로울 뿐 아니라 병자에게도 좋지 않을 것 같아 영
순의 손을 떼며 말렸다.

그러나 영순은 사람들이 바라보고 있는 줄도 모르고 울음을 그치려
하지 않았다.

"얘들아!" 아버지가 겨우 입을 열었다. 그래서 성순이 진심이 영순
이 모두가 무슨 유언을 하려는 줄 알고 가까이 다가 앉았다.

"너희들은 굶어 죽지 말구 잘 살아라!" 한 마디 하고는 입을 봉하고
말았다. 입술이 점점 파래지면서 손발이 차지기 시작한다. 눈꺼풀이
뒤말리며 숨소리가 들리지 않는다. 몸이 힘 없이 축 쳐지고 살은 흡수
지에 잉크가 번지는 것처럼 파란 기운이 번져갔다.

처마 끝에 새끼를 간 제비가 모이를 가져다 새끼에게 먹여주느라고
재잘거리고 있다. 방안은 질식한 사람들같이 모두가 조용했다.

"아버지! 왜 말씀을 안 합니까?"

영순이가 울음을 터뜨리자 진심도 소리를 내며 울었다. 성순이도 눈 자욱을 씻지 않을 수 없었다.

굶지 말고 살라는 말 한 마디를 남기고 돌아간 아버지를 생각할 때 아버지가 얼마나 고생을 하며 살아왔는가 하는 생각보다 앞으로 그들이 얼마나 더 힘들게 살아야할까 하는 것이 그를 더 괴롭고 가슴 아프게 했다.

"너무들 울지 말게! 동네가 소란하겠네!"

한참 울고 있을 때 경화가 그들을 달랬다. 그냥 두면 하루종일이라도 계속해서 울 것 같았다.

"울어야 소용있니? 그만했으면 참기두 해야지!"

"응, 울어 무엇하게!" 성순은 한숨을 내쉬고 울음을 그쳤다.

"영순아, 너두 그만 그쳐라! 이제는 아버지 장례할 생각이나 하자!"

얼마나 더 울려는지 주위의 말에는 아랑곳하지 않고 영순은 울음을 그치지 않았다.

"여보, 당신두 그만두오! 그래 운다구 죽은 이가 살겠오?"

진심이 울음을 멈추었을 때야 영순이도 겨우 울음을 그치고 수건으로 눈물을 씻었다.

"이 사람들은 왜 안올까?" 성순이가 먼저 나간 순환이와 진억이를 기다리며 말했다.

"이 사람들이 와야 의논이라두 하지."

그때 순환이와 진억이가 급하게 들어왔다.

"아니 어떻게 됐나?"

"말 말게!"

이 말을 들은 그들도 고개를 숙이고 말을 꺼내지 못했다. 눈물을 한 방울씩 떨구고 임을 움칠거리는 것이 마음이 괴로운 모양이다.

"자네들까지야 그래서 되겠나? 이제는 일을 해야되겠네! 정신을 차리게!" 어깨를 치며 경화가 말렸다.

"자네 왔구나. 얼마나 걱정을 하며 왔니?" 그들은 영순을 보고 인사를 했다.

"예!" 하는 영순이는 정신 없이 대답만 하는 것 같았다.

"관은 하나 마련했네! 그런데 장두 봐야겠는데 돈을 마련할 데가 있어야지……. 쌀과 반찬은 좀 있나?"

"우선 돈이 있어야겠는데 어디 한 푼이나 있어야지." 성순은 울먹이며 말을 잇지 못했다. 돈이 없어서 아버지의 장례도 못하면 어쩌나하는 생각이 솟아올랐다.

죽은 사람을 가마니에 싸서 산에다 짐승처럼 묻던 것을 얼마 전에 본 일이 있다. 그때 일이 성순의 눈앞에 선했다.

"아, 아버지는 왜 죽었습니까?"

큰 소리로 울면 가슴이라도 후련할 것 같았다.

"형님, 그리 근심 마십시오. 내가 얼마 가지구 온 것이 있으니 그걸루 대강하구 모자라는 것이 있으면 또 내가 내두룩 합시다." 근심에 싸인 형의 얼굴을 본 영순이가 말했다.

"네가 번 돈을 그렇게 써서 되겠니, 그것은 내 놓지두 말아라! 아무리 내가 돈이 없기루 그걸 쓰겠니?"

"별 말씀두 다합니다. 쓸 데 써야지요. 만약 이렇게 우물거리구 있기만 하면 누가 장례를 치러줍니까? 자, 받으시라구요."

곱게 접었던 십 원짜리 한 장을 내어 성순에게 주었다.

장가를 못 보내 줄 형편임을 알고 장가나 들겠다고 타향에 나가 돈벌이를 해서 한닢 두닢 모은 것을 받아쓰기는 미안했다. 그러나 아버지의 장례는 안할 수 없고 전황한 때 한 푼도 빌려쓸 수 없는 시골에서 어떻게 하겠는가? 그는 받지 않을 수 없었다.

"자! 그럼 이돈으루 목수 일 값두 주구 의사에게 가서 약 값과 출장료 일원팔십 전을 주구 진단서를 받아 사망신고부터 해오게! 그것을 하기 전에는 묻을 수두 없다네……."

돈을 받아 쥔 진억이는 자리에서 일어섰다.

"자네들 미안하네만 베(布) 한 사십 자 하구 쌀과 고기 근도 있어야겠는데 어떻게 할텐가?"

"염려 말게. 우리가 가서 다 사올테니."

그들은 달음박질하듯이 나갔다.

"형님, 아버지의 병이 언제부터 생겼습니까?" 조금 마음이 안정된 뒤에 영순이가 물었다.

"앓기는 한 달 전부터다. 노환인줄 알구 그럭저럭 있었더니 점점 더하기만 하더니 이렇게 됐구나! 나는 네가 늦게야 올줄 알구 근심했는데 그래두 임종을 보았으니 마음이 조금 났다."

"나는 아버지가 앓는지 집안이 어찌되가구 있는지두 모르구 있었어요. 워낙 분주해서 편지 한 장두 못해서……."

"다 그렇지! 눈코 뜰 새가 있어야지."

해는 거의 넘어갔다. 참새들이 이날따라 지붕에서 몹시 재재거렸다.

동네 사람들이 이제야 하나 둘 찾아와서 부의금 몇십 전씩 주고는 위문의 말을 하고 가곤 했다.

다른 집 같이 떡도 못하고 지짐도 못 지지며 술도 없어서 그런지 찾아오는 사람이 별로 없었지만 와도 한참 동안 앉아 있는 이가 없었다.

얌전네와 순환의 처가 와서 저녁을 지었다. 쌀도 없는 집에 와서 밥을 지어주려는 이들을 볼 때 진심은 부끄러웠다. 상제라고 방안에 앉아 있을 수도 없었다.

모멩이를 뜨려고 빚을 내어 사다 둔 쌀을 전부 씻어 밥을 지었다.

저녁은 가까워 옴에 따라 우울은 방안을 싸고 돈다. 먹을 것 없고 하는 일 없는 상가집이니 참으로 상가집다운 우울이 떠돌았다.

밤 깊은 때에야 진억이와 순환이가 거의 같이 들어왔다. 순환이는 병원으로 해서 면소로, 진억이는 이십 리 되는 장에 가서 옷감과 쌀을 사가지고 돌아왔다. 두 사람이 땀을 흘리며 하루 종일 애쓰며 일을 해주었으니 성순은 앉은 채 장례 준비는 끝낸 셈이다.

"자! 이제는 반찬 없는 밥이라두 한 술씩 먹게!"

"응, 먹지……. 먹어야지!" 성순의 마음을 조금이라도 상하게 하지 않으려는 그들은 주는 밥을 아무 말 없이 먹었다.

"참 수고했네. 오늘 같은 날 자네들이 아니었으면 누가 쌀 서 말씩 이십 리 장에 가서 사다주겠나?"

"내가 힘이 세니까 그렇지!"

진억이가 웃었다. 잠깐 동안 방안은 웃음이 돌았다.

"장례는 언제 하려노? 요즘같이 더운 때 하루 바삐해야 되지 않겠나? 냄새가 나면 장례하기가 여간 힘든 것이 아닐세!"

"그렇구말구. 하루 바삐 해야지."

그들은 삼일장이니 오일장이니 하는 격식도 생각지 못했다. 효도니 불효니 하는 것도 생각지 못했다.

"그럼 이제 뒷동네에 가서 새우葬具를 얻어오지. 우리동네 것이야 돈 안 낸 사람에게는 세두 주지 않으니까." 밥을 다 먹구 양치질을 한 진억이가 일어서며 말했다.

"이제 어떻게 가겠나? 어두운데 내일 가지!"

"아니, 가져다 둬야 돼! 내일은 될 수 있는 대루 일찍 나가야지. 더우면 새우를 멜 수 있나!"

그들은 컴컴한 밤에 상여를 세 내려 갔다.

사람의 발소리에 컹컹 짖는 개 소리는 하늘을 울렸다. 언제나 사람이 보이면 짖을 줄 아는 개들이었지만 이날의 짖는 소리는 무서움을 주는 것 같았다. 개 소리가 아니라 호랑이가 우는 소리같이 들렸다.

밤 사이에 산짐승에게 물려갈 것 같은 불길한 생각이 들어 성순의 온 몸에는 소름이 돋았다. 그래서 개 짖는 소리가 몸서리를 치게 했다.

무엇이나 의지하고 살던 아버지가 없게 되니 험한 산 숲 속에서 길 잃은 애와 같았던 것이다.

다음날 새벽 밝기도 전에 경화, 순환, 진억이와 또 몇 사람이 괭이와 삽을 들고 동편산 공동묘지로 갔다.

한편 밤새껏 얌전네와 순환이 처가 만들어 놓은 상복을 입은 성순이와 영순이는 아버지의 시체를 관속에 넣었다.

입관할 때 그들은 산 사람을 죽으라고 숨막히는 곳에 넣는 것 같이 느꼈다. 그리고 죽은 사람이지만 얼마나 답답할까하는 생각도 했다.

시체를 입관한 다음에 관뚜껑을 장도리로 못을 막았다.

이제는 영 이별이다. 이제 영영 못 보리라 하니 그들의 가슴은 찢어지는 듯했다. 그들은 다시 울었다. 관 옆에 돌아앉은 그들은 관을 치면서 섧게 울었다. 한참 울다가는 잠시 그쳤다가 다시 울기를 시작하는 것이다. 그 우는 소리가 아버지 없이 어떻게 살아갈까 하는 것 같았다. 밥만 먹고 하는 일은 없었으나 그 아버지 때문에 일도 차례대로 했고 마음이 괴로울 때 책망도 고맙게 들었던 것이다. 그러나 앞으로는 농사철을 알려 줄 사람도, 일을 잘못한다고 책망해 줄 사람도 없게 되었다.

사온 쌀 절반과 고기 절반으로 조반을 지어 상여를 멜 사람들을 먹이자 공동묘지로 갔던 이들이 돌아왔다.

상여가 들리었다. 관에 누운 아버지가 산으로 간다. 성순이와 영순이, 자신은 참대 지팡이를 짚고 상여 뒤를 따라간다. 상여가 좁은 길에서 흔들릴 때마다, 상여가 넘어지지나 않을까 초조한 마음으로 따라가는 성순은 상여만을 바라보며 걸었다. 붉은 해가 벌써 따갑게 내려쪼이며 아침에 불던 바람도 죽은 듯이 잔잔했다.

호미를 들고 밭으로 논으로 가던 남자들과 부인들은 우두커니 길가에 서서 상여가 나가는 것을 보고 속삭인다.

"죽을래면 왜 분주하고 더운 때 죽을꼬."

상여는 말 없이 공동묘지까지 올라갔다.

"흙이 왜 이리 시꺼멓니?" 성순이가 파놓은 흙이 너무 꺼멓고 토역도 없을 것 같아서 말했다.

"돈 안주는 곳이니 그렇지!" 진억이가 대답했다.

동네 공동묘지라 누구나 다같이 쓸 수 있는 것이지만 돈을 내는 대로 좋은 자리를 고르게 하여 돈을 내지 못한 사람은 남이 고른 나머지나 차지하게 돼있는 것이다. 그래서 성순의 아버지도 물이 나고 햇빛이라고는 저녁때 잠깐밖에 비치지 않는 곳에 묻게 되었다.

"썩은 뒤 명당을 알 것인가?" 성순은 이렇게 생각 아니할 수 없었다.

관이 무덤 속에 들어가 퍼 던지는 흙에 쿵쿵 소리를 냈다.

이제는 세상에서 마지막이다. 땅 속에서 썩겠구나 하는 생각을 하며 그들은 다시 울었다. 그러나 그 울음은 그다지 길지 못했고 남과 같은 곳에 묻을 수 없다는 분한 마음만이 머리에 찼다.

그들이 돌아올 때는 다같이 뭉치어 이야기를 나누며 내려왔다.

"참 수고들 많이 했네! 이 은혜는 죽어두 못 잊겠네. 자네들이 아니었다면 장례는 이렇게나마 할 수가 없었을 것일세!" 성순이 인사를 했다. 영순이와 진심은 오면서도 뒤만을 돌아보며 고개를 들지 못했다.

"그런데 돈이 얼마나 모자랐는가? 이제야 그 생각이 나누만!"

"이제 새우喪具삯이나 주면 되네. 모자랄 것이 있나?" 진억이가 대답했다.

"그러면 관은 얼마나 먹혔지? 다른 것들만 해두 십 원이 될 텐데."

"그거는 진억이가 자기 아버지의 것을 가져온 것이라네. 내가 목수한테 가서 말하구 오는데 진억이가 자기 집에 있는 것을 쓰자구 해서 가져왔지. 그러나 그런 말은 하지 말게. 진억이의 아버지두 모르게 가져왔으니까." 순환이가 말했다. 성순은 너무나 고맙고 감사해서 무엇이라고 말을 할지 몰랐다.

"그렇게 했어? 그럼 빨리 만들어 줘야겠군."

"그런 말은 하지두 말게. 그럴 것 같으면 왜 집의 것을 가져왔겠나?" 그들은 집까지 내려왔다. 더위에 파리만이 윙윙거리는 방에서 그들은 옷을 벗고 앉았다.

"내일 성복은 어떻게 하려나?" 진억이가 물었다.

"해 놓을 것두 없구 조상군두 없으니 어찌 해얄지!"

"글쎄, 했으면 좋겠지만 요새는 안해두 괜찮은 모양이데."

성복제도 그만두기로 했다.

"이제는 밀린 일이 걱정이네!" 사람들이 앉아있는 자리에서 성순이가 걱정스러운 듯이 한 말이었다.

영순의 설움

"이왕 온 김에 며칠 있다가 가도 되겠지? 좀 놀다 가거라."

"며칠 동안이야 있어두 되겠지요. 일 년만에 처음이니까요."

"일 년에 명절 때두 쉬지 못하구 일을 했니?" 괭자루를 메고 누웠던 성순이가 말했다. 영순이는 쓸쓸한 얼굴로 대답했다.

"금년 오월 명절에두 남들은 동산에 오르며 잘들 노는데 나는 명절 날인 줄두 모르구 지냈어요."

"그런 델 어떻게 있니? 촌에선 그래두 놀 때가 있구 씨름 구경두 다니구 그러는데……." 영순의 마음을 위로하는 마음에서 하는 성순의 말이었다.

"거기는 잘 노는 사람이 더 많지요. 나만 그렇지! 주인의 아들은 밤낮 자기 마누라하구 돌아만 다니는데."

"거기 말구 다른 데는 있을 데가 없니?"

"다른 데를 찾아 보지두 못했지만 어디나 다 같지요." 이른 새벽에 일어난 성순 형제가 주고 받는 말이었다.

"우린 오늘 팥씨를 뿌리구 밭을 갈아야겠다. 너는 집에서 쉬기나 해라!"

성순이는 팥종자가 든 자루를 메고 대문을 나섰다. 영순이도 갑갑하게 집에 남아 있고 싶지 않아 그의 뒤를 따라나갔다.

소 먹이는 목동들이 소를 몰고 풀밭으로 나가며 졸음이 깨이지 않은 듯이 소만을 때리고 있다. 쓰르럭이가 씨르륵 씨르륵 날개짓을 하며 날아갔다.

이슬은 빗방울같이 풀잎에 맺혔는데 검은 구름이 서쪽 하늘에 떠돌고 있었다.

보리를 벤 밭은 이어 근경을 해야 하는 것이지만 아버지 장례 때문에 며칠 늦은 성순은 조금이라도 잘못 하면 소작을 떼는 김참봉이 무서워서 아버지를 묻은 다음날 새벽 팥종자를 뿌리러 나가는 것이었다.

전 같으면 성복제도 안하고 팥밭을 간다면 목을 베어 죽일 불효라 할 것이나 성순은 전에 입던 옷 그대로 입고 팥종자를 뿌리러 나가는 것이다.

"너는 왜 나왔니? 좀 쉬지 않구. 얼마나 곤하겠니!"

"괜찮아요. 곤한 줄두 모르겠어요." 이렇게 대답은 했으나 실은 눈도 뜨기 싫을 만큼 피곤을 느끼는 영순이었다. 자기도 평소 일찍 일어나기는 했지만 이렇게 일찍 일어나 본 일은 없었다. 그러나 곤한 빛을 형에게 보이고 싶지 않았다. 그는 팥씨를 뿌리는 형의 뒤를 따라가며 길게 자란 풀을 두 손으로 뽑았다.

"그만 둬라! 풀이 있어두 갈기만 잘하면 괜찮단다."

형이 말렸으나 그대로 있기가 심심해서 그냥 따라가며 풀을 뽑았다.

씨를 거의 뿌렸을 때 해가 동편에 솟아 올랐다. 멀리 햇발 아래 뻘겋게 보이는 새 무덤이 그들의 눈에 보였다.

"며칠 전까지 살아계시던 아버지가 이제는 땅속에 묻혀 있구나. 아버지의 혼은 어디 있을까? 지금 팥밭을 하는 우리를 내려다보구 있을까? 주인이 말하듯이 예수를 안 믿었다구 지옥에 가 있을까? 아무 죄두 없는 아버지가 정말 그 지옥으루 갔을까?"

영순은 물끄러미 동편 산을 바라보고 서 있었다. 영순은 아버지의 무덤을 바라보며 평양서 말하던 주인의 말이 생각났으며, 그 말에 의심을 품어보는 것이었다.

"남에게 거짓말을 해서 돈을 버는 예수 믿는 사람만이 천당 가고 거짓과 죄를 모르는 아버지는 예수를 안 믿었다고 지옥엘 보낸다면 하나님도 소경이 아닐까?"

본전이 십 전이면서도 십오 전이라고 속여 돈을 벌고 있으면서도 자기는 천당 자리를 잡아 놓은 것처럼 매일 기도를 하던 주인이 머리에 떠올랐다.

교회의 목사가 장로님, 장로님 하면서 늘 와서 친절히 말하는 것을 보면 그가 참으로 신앙이 있어 보였다. 그러나 주인이 착하다고 그를 천당에 보내는 하나님이 있다면 그는 그들이 만들어낸 하나님에 지나지 않을 것 같았다.

"집에 가자! 조반이나 한 술 먹구 밭을 갈아야지!"

성순은 팥밭 때문에 다른 생각이 없는 것 같았다.

"소는 어떻거나?"

"참봉네 소가 있지."

"그건 거저 쓸 수 있나요?"

"그럴 수야 있나. 한 몫은 내가 내야지. 소품 대신 내가 세 자루를 내야하는 거야."

"요사이 창일이가 오지 않았나요? 전문학교는 전부 방학을 했는데."

"얼마 전에 나왔대나 부드라. 그러나 나는 보지두 못했다. 어떤 학생과 같이 나왔대는데 그 집이 점점 야단이드라. 참봉은 요사이 금광金鑛을 하느라구 집에는 붙어 있지두 않구!"

"돈 많은 사람들이야 그런 일두 있지요."

빈 자루를 들고 조반을 먹으러 올 때 소 먹이러 갔던 이도 소를 몰고 돌아왔다.

성순은 소 두 필에 연장을 달고 거의 종일토록 채찍질을 하며 소를 몰았다. 얼마 동안 비가 오지 않아서 땅이 굳어 갈기가 퍽 힘들었으나 밭을 잘 갈고 빨리 갈기로 유명한 성순인 만큼 해지기 전에 다 갈았다.

밤―. 샛별이 뜨고 신선한 바람이 불 때 마을 사람들이 몇몇 모였다. 영순이도 오고 상가이기도 해서 전에는 오지 않던 사람까지 찾아왔다. 마당에 멍석을 깔고 앉아 떠오르는 작은 달을 보며 서로 이야기를 시작했다.

"요즘 꽤 곤하시지요?" 영순이가 먼저 인사말로 했다.

"우리야 그래야 먹구 사니까 아무렇지두 않지만 자네가 뻐근하겠네." 순환이가 말했다.

"그런데 영순이, 오늘은 평양 이야기나 좀 해주지그래. 촌놈이 언제 평양 구경을 해 보았겠나?" 경화가 길게 누우며 평양 이야기를 청했다.

"평양이래야 뭐 그렇지! 모란봉으루 꽃구경이나 다니는 사람들 외에 누가 편안한 사람이 있어야지요?"

"그렇겠지. 그런데 자네 있는 집은 얼마나 큰 상점인가? 월급두 이제는 꽤 되겠구만." 진억이가 하늘을 물끄러미 쳐다보며 물었다.

"상점이야 평양서 조선사람의 것치고는 제일 크지만 그 집두 쓰는 것이 많으니까 몰리는 모양입데다. 월급이야기는 말도 마소!"

"그래두 말이나 해보게 그려." 영순이는 별이 총총히 떠서 반짝거리는 하늘을 쳐다보며 설움이 복받치는지 한참 동안 말을 못했다. 잠시 후 그는 오랜만에 고향에 온 그 우울한 마음과 심란한 마음으로 이야 기를 길게 했다.

"내 이야기를 처음부터 하리다. 내가 평양에 들어가기는 삼 년전 열 아홉 살 때입니다. 평양엘 가면 돈벌이가 잘되고 더구나 그런 집에는 신용이 있는 애라야 들어갈 수 있다는 말을 들었기 때문에 힘 안들이 고 일을 하게 되니 무엇보다도 그때의 기쁨은 말할 수 없었습니다. 처 음에는 밥만 먹고 월급도 얼만지 모르구 반년 동안이나 살았지요. 그 뒤로는 옷도 사입어야겠기에 돈을 조금 달랬더니 옷을 사 주더군요. 나는 너무나 고마워서 물건을 판 돈은 일 전도 다치지 않고 잘 해주었 으며 그러니 신용이 있다는 말을 늘 들었습니다. 얼마 동안 있으니 서 로 낯도 익고 말도 자유스럽게 되어 좋다고 생각했더니 웬걸 그때부터 내가 눈물을 흘리기 시작했습니다. 털채로 유리의 먼지를 털다가 유리 를 깨면 피눈물이 날 욕을 하며 물건 사러 왔던 사람이 유리를 깨뜨려 도 그것이 내 불찰이라고 내게 욕설을 하지요. 새벽에 일어나서 밤 열 두 시까지 상점에 서 있으려면 다리가 아프고 곤해서 졸기라도 하면 그럴 때는 나가라고 야단을 칩니다. 그럴 때마다 나는 화가 나서 그놈 의 집에 불이라도 지르고 싶은 생각이 듭디다. 그러나 차마 그렇게야 할 수가 있어야죠. 어떤 날 물건을 배달하려고 자전거에 물건을 싣고 나갔지요. 아직 서투른 자전거를 타고 조심스레 갔다가 물건을 배달하 고 돌아오던 나는 그만 복잡한 골목에서 전신주를 받고 넘어졌습니다. 다른 사람을 다치지 않게 하려다 넘어진 나는 손가락을 심하게 다쳐 손에서 피가 줄줄 흘러내리고 옷은 전부 먼지 투성이였지요. 자전거와 남은 물건이 상하지 않았는가 하고 그 손을 가지고 살펴보았더니 그다지 상한 것은 없고 자전거 바퀴가 조금 휘였습디다. 그것을 가지고 들어가기가 무섭게 주인집 사람들이 뛰어 나와 떠들었습니다. 그 많은 구경꾼들 앞에서 개, 돼지에게 욕하듯이 탈 줄도 모르는 자전거를 왜 탔느냐고 욕을 하지 않겠어요? 더구나 주인아들은 나를 때리려구 합디다. 손에서 피는 그치지 않고 흐르는데 참으로 죽고 싶어 견딜 수가 없었답니다. 나는 그날 밤 밤새도록 울었지요." 그는 울음이 나오려는 것을 참는지 한참 동안 입을 다물고 있다가 다시 말을 이었다.

　"일 년이 지난 뒤 월급을 얼마나 주겠는가 물어보았더니 일 년은 내가 일을 배우고 그래서 밥과 옷만을 해주며 그 다음부터 얼마씩을 주겠다고 하더군. 너무나 분했습니다. 나는 물건을 사들일 때의 값을 전부 압니다. 그리고 팔 때마다 그 물건에서 얼마나 남기는 것을 다 알며 어떤 때는 나 혼자서 종일토록 판 물건의 이익금이 얼마 되는 것까지 알 수 있지요. 그러나 나는 그돈에서 한 푼도 못 가지고 받는 것이라고는 수모와 멸시 뿐이였습니다. 참으로 그들은 도적놈들이야요. 그집에서는 예수를 믿어 주일날에는 편안히 쉬니까 나도 쉴 줄 알았더니 그것은 천만의 말씀이야요. 주인은 장로고 아들은 유년 주일학교 선생이라나요. 그러나 나는 주일이면 더욱 분주하답니다. 일주일 동안 파느라고 물건을 막 헤쳐놓은 것을 그 날에 정돈하여야 하거든요. 그래서 그 날도 밤이 늦도록 다른 곳엔 가보지도 못하고 먼지를 털고 유리를 닦지요. 그래서 교회당에는 한 번도 가보지 못했습니다. 생각하면 자꾸 속는 것같고 분해요. 그래서 집 생각이 나서 남몰래 눈물을 흘릴 때가 많았답니다. 작년 부터는 밥 먹여주고 한 달에 삼 원씩 주는데 그것을 준다고 옷은 도무지 안 주지요. 그래서 저금이 다 뭡니까? 이번에 나올 때도 근근이 모은 돈 오 원과 그 집에서 오 원을 취해가지고 나왔지요. 공연히 들어가서 고생만하고 있어요."

"아니, 그런 집에서 어떻게 이때까지 아무 말 없이 있었니? 참, 용하다!"

성순은 불쌍하다는 듯이 영순을 처다 보았다.

영순은 순간 분한 감정이 솟구치는지 얼굴이 굳어져 있었다.

"그러면서도 나보고 아들 같다니, 자기 아들보다 더 나를 생각한다느니 어르며 몇 해만 더 있으면 작은 상점을 하나 내어 준다고 까지 하지요. 그러나 그 집에서 한 십 년 동안 일을 봐주고 양아들이니 무어니 하던 사람이 따로 나갔는데 물건을 주기는 커녕 외상으로도 주지 않겠다고 해서 울며 나가는 것을 본 적이 있어요. 자기 집에 오래 있게 하면서 일을 시켜먹을려고 아들이니 무어니 개 같은 소리를 하는 것이 아니꼬와요. 만약 나도 자기의 아들이 된다면 저금을 해서 주겠다면서 현금으로는 한 닢도 주지 않을 것입니다. 아들로 있다가 나간 사람은 다른 이의 도움으로 지금은 상점을 여간 크게 차려놓지 않았다는데 우리 주인은 그것을 시기하며 매일 그를 욕하고 있어요. 그런 것을 보면 더욱 기가 막혀요. 이젠 그만두고 말까봐요!"

"나온 김에 그만둬라! 그런 집에 백 년 있어야 소용이 있겠니? 나하구 농사나 짓자! 그런 집엘 다시 네 발로 걸어가겠니?" 성순이도 흥분

된 모양이었다.

모기 소리만 귀 밑에서 앵앵거리고 보이는 것은 하늘의 별들 뿐이었다. 이따금씩 반짝반짝하고 사라지는 개똥벌레가 여기저기 별 장가가듯이 날고 있다. 모였던 사람들은 "에!" 하는 감탄사만 남기고 설움이 복받힌 영순이를 남겨두고 자기 집으로 돌아갔다.

약혼과 파탄

"금년엔 아무래두 풍년이 질래나부다. 비가 참 곱게 오는데. 요즘 비가 안오면 팥싹이 나지 않을텐데?" 성순이가 선선한 바람이 들어오는 들창을 열고 비가 내리는 것을 바라보며 말했다.

"아버지 무덤이 흘러내리지나 않는지."

베개를 베고 누워있던 진심도 고개를 쳐들고 근심스러운 얼굴로 비오는 하늘을 쳐다보았다.

"정말 잔디두 덮지 못한 무덤이라 조금 큰 비만 와두 흘러나릴걸요? 내가 나가 보구올까?" 영순이도 걱정스러운 듯이 말했다.

"내가 가보지! 논에두 나가봐야겠으니까 나가는 길에 거기까지 다녀오마!"

성순이가 호미를 꽁무니에 차고 삿갓을 쓴 뒤 발을 걷고 나갔다.

비가 오는 소리는 잔잔하나 처마에서 떨어지는 낙숫물 소리가 요란했다.

처마에서 떨어지는 물은 둥근 물방울을 만들고 이어서 떨어지는 물방울은 그것을 깨고 만든다.

영순은 거듭거듭 생기는 물방울을 바라보았다.

약한 몸이면서 잠시도 쉬지 못하고 김을 맨 진심은 졸음이 오는지 눈을 감을듯 말듯하며 이야기를 했다.

"며칠 있지두 못하는 걸 맛있는 것 하나 만들어 주지두 못해서 얼마나 섭섭한지……."

"무얼요! 먹은 것이나 다름 없어요. 와서 만나보면 그만이지요."

"그럴 수가 있나? 떡이라두 해서 먹였으면 하지만 살림살이가 이래 나서 한해 두해 갈수록 졸아들기만하니 큰일 났소. 남의 집살이하는 아우가 오랜만에 왔는데 먹일 것이 있어야 기쁘지. 나는 정말 마음이 여간 상하지 않어!"

"그런 생각하지두 말아요. 제 집에 와서 먹는 대루 먹다가 가는데……. 뭐, 남의 집인가요?"

"그렇기는 그렇지만……." 진심은 가볍게 한숨을 내쉬었다.

서늘한 바람이 불어들어 안개 같은 빗방울이 문 안에 앉은 영순이의 얼굴에 스쳤다.

"비가 썩 잘오는데요."

"잘 오는군!"

영순은 달리 하고 싶은 말이 있는 듯했으나 그 말이 잘나오지 않는 모양이었다. 혼자서 고개를 들어 두리번거리며 안절부절이었다.

가장 다정한 형수 그리고 이야기하기 가장 좋은 기회인데도 왜 말을 꺼내지 못할까? 그러나 망설이고만 있을 수 없는 문제였다.

　아주머니가 파리를 쫓으며 고개를 흔드는 순간을 타서 영순은 부끄러운 것을 참으며 웃음을 띠우고 말을 꺼냈다.

　"확실이는 잘 있나요?"

　진심도 영순이를 무안케 하지 않으려고 웃는 얼굴로 영순이를 쳐다보았다.

　"참! 확실이는 잘있구 말구. 왜 한 번 가보지 않구 확실이 아버지가 퍽 기다릴걸? 오구두 한 번 찾아오지 않는다구 서운해할 거야."

　"아버지 장례 하는 날도 안 왔댔지요?" 이제는 부끄러움이 가신 얼굴로 진심을 쳐다보며 말했다.

　"바빠서 못 오구 사람편에 돈만 보냈습디다."

　"어떻게 지내는지?"

　"촌사람이 다 그렇지…… 그 집이라구 나아졌겠어요?"

　"그렇겠지요?"

　말은 꺼냈으나 그 이상 할 말이 생각나지 않아 하늘만 쳐다보고 있었다.

　성순이가 낙숫물에 발을 씻고 방으로 들어왔다. 진심은 허리가 몹시 아픈 듯이 힘들여 천천히 일어나 앉는다.

　"어떻습디까?"

　"고만 비에 떠내려 갈까봐 도랑두 쳐놓구 왔어." 비에 젖은 옷을 입은 채 성순이 말했다.

　"참 비가 잘 오는군. 얼마만 더 안 왔으면 물을 푸느라 분주했겠는데."

새벽부터 한결같이 내린 비는 퍽이나 많이 왔다. 골창으로 흐르는 물소리가 쿵쿵거리며 흐르고 물이 넘쳐 마당이 물바다가 되었다.

"동편에 무지개가 뻗쳤네. 저것 봐!"

영순이는 지루하게 내린 비가 그쳐 기쁜 듯이 햇빛에 점점 윤택이 없어지는 무지개를 손가락질 했다.

"이제는 비가 와두 넉넉하겠는데!" 진심도 반가운 듯이 일어나 앉으며 말했다.

비는 개었다. 어둡던 하늘이 벗어지며 비가 오던 날 같지 않게 푸른 하늘이 보였다. 산들산들 불어오는 바람은 땅을 말렸다.

"오늘은 김감이 못 되지요? 김은 내일부터 매야 되겠군요."

"그럼. 밭고랑에 물이 펑하니 고였는데."

"길이 그다지 질지 않으면 되련님이 산 넘어 집에 갔다왔으면 좋겠구먼요. 퍽 기다릴텐데……." 진심이가 영순을 보며 말했다.

성순이도 그 일을 잊고 있었다는 듯이 큰 소리로 말했다.

"참, 잊었댔군. 가봐라! 벌써 가봤어야 할걸. 그래 오늘이 꼭 좋겠다. 다른 날 가면 집엔들 있겠니?"

"가기는 뭘 가요? 온 줄이나 알겠어요? 영순은 그런 말을 왜 이제야 해주느냐는 듯이 퉁명스럽게 말했다.

"모르다니? 그것두 모르겠니? 빨리 가봐라!"

"가면 빈손으로 가기가 힘드니까 그러시는 게로구만."

"아니야요. 가구 싶지가 않아서 그러지……. 무엇하러 가요?"

"왜 가기가 싫다는 말이냐? 지금 시대가 어떤 시대이게. 빨리 갔다

오너라! 가지고 가긴 없는 사람이 다 그렇지." 성순이가 영순이의 마음을 알고 재촉했다.

평양서 입고 온 학생용 하복에다 베로 만든 사표를 달고 영순은 떠났다.

그는 자기가 가지고 온 보따리에서 조그만 상자 한 개를 들고 재를 넘었다. 작은 재였지만 조금 더 가까웠으면 하는 마음으로 꼭대기까지 땀이 흐르는 줄도 모르고 달음박질로 올라갔다. 꼭대기에 올라선 뒤에야 땀이 흐른 것을 알고 확실이가 땀을 흘리는 자기를 보며 민망해 할 것 같아서 땀을 씻으며 잠시 쉬었다.

"확실이가 어떻게 있을까? 이제는 몰라보게 되었을걸. 만나면 뭐라고 말을 할까? 말도 못하고 웃기만 할까? 이것을 뭐라고 하며 줄까? 나를 알아 보기나 할지……."

영순의 가슴은 두근거리기 시작했다. 확실네 집은 재 아래 동네에서도 남쪽에 있기 때문에 작은 집이라도 잘 보였다.

"저 집에 확실이가 있겠지. 지금은 무엇을 하고 있을까? 내가 여기서 땀을 씻으며 바라보고 있을지 알기나 할까?"

그는 일어나서 한 번 껑충 뛰었다. 집이 조금 멀리 있으면 가슴이 그다지 두근거리지 않으리라고 생각했다.

"해도 거의 졌는데 밥이라도 먹고 가라면 어찌할까, 아무래도 그냥 떠나야지."

어느새 동네로 들어섰다. 양복을 입은 사람을 본 촌개는 물어 뜯을 듯이 달겨들며 짖었다.

"모 검사 나온 면서기인가?"

마당에 섰던 사람들의 수군거리는 소리가 들렸다. 개가 짖고 사람들이 보는 것이 더욱 부끄럽고 가슴도 울렁거려 발걸음을 빨리했다.

"영순이 아니냐?"

발걸음을 빨리하고 있을 때 낯익은 여자가 길을 막으며 말했다. "아주머니입니까? 안녕하셨어요?" 그는 모자를 벗어 인사를 했다.

"그래, 이번에 아버지 큰일을 당해서 집에 왔군."

"그렇습니다."

"참 안됐다. 그래 왔던 김에 처가에 들려보려구?"

길가에서 큰 소리로 말하는 아주머니가 민망스러웠다. 영순이는 이만하고 갔으면 했으나 다시 말을 꺼냈다.

"아버지가 올해 몇이신데 돌아가셨나?"

쓸데 없는 말까지 묻는 것이 싫어서 그는 대답도 하기 싫었으나 대답이나 해줘야 놓아줄 것 같아 빨리 대답을 해주었다. 그러나 또 무슨 말을 하려고 주춤주춤 하는 것을 본 영순이는 길에 오래 서서 이야기하면 자기가 확실네 집에 온 것을 동네 사람들이 다 알게 될 것이며 그러면 자기 입장은 둘째로 확실이가 곤란할 것 같아 조금이라도 빨리 가려고 "다시 뵙겠습니다." 하고 인사를 했다.

"응, 빨리 가보게!"

영순이는 고개를 숙이고 좁은 길을 바삐 걸었다. 그러나 한 발자국이 가까워질수록 가슴은 더욱 두근거렸다. 확실네 개가 낯선 사람을 보고 컹컹 짖을 때 영순은 몸이 녹아드는 것 같음을 느꼈다. 그는 개가 짖지 못하게 주먹으로 협박을 하고 바주로 만든 대문으로 들어섰다.

문틈으로 내다보던 확실이가 문을 열고 얼굴만 내놓았다.

영순은 무슨 말을 먼저 해야할지 몰랐다. 확실이가 웃는 낯으로 먼저 인사를 해야 겨우 대답을 하던 그는 어떻게 해야 할지가 아득했다. 더구나 웃는 얼굴이 아니라 낯 모를 총각을 만난 처녀같이 얼굴이 핼쑥해진 확실에게 먼저 말을 하기가 더욱 힘들었다. 그러나 겨우 입을 뗐다.

"아버지 어데 가셨소?"

"논에 붕어 잡으러 갔어요!" 한 마디 하고는 들어오라는 말도 안하고 땅만 내려다 보고 있다. 영순은 실망한 듯이 바자 울타리로 몸을 돌리고 먼 하늘을 바라 보았다.

"언제나 오실까요?"

"반찬이 없다구 나가셨으니까 한참 있어야 오실걸요. 들어오시지요."

들어오라는 말은 하나 힘과 열이 빠진 것 같았다.

"들어가서 무엇하게요?"

"들어왔다가 만나보고 가셔야지."

영순은 울고 싶었다. 작년에 만났을 때는 수줍어서 보고는 웃기만하고 도망치던 확실이다. 그런데 이번에는 너무나 냉정하다.

웃는 낯을 볼 수가 없다. 말을 해주기는 하나 서리발처럼 싸늘해서 간장을 마르게 했다. 그래도 방안에 들어가 앉은 영순은, 아랫목에 앉아 바느질을 하고있는 확실을 똑바로 보지도 못하고 고개를 이리저리 돌리다 가끔 그의 몸을 살펴보곤 했다.

(내가 편지 한 장을 안했다고 나무람이 간 것인가? 그렇지 않으면 무슨 슬픈 일이라도 생겼나?)

그는 숨이 막히는 듯이 가슴이 답답하여 긴 한숨을 내쉬며 가슴을 폈다.

영순이가 이집에 올 때 확실의 아버지를 보려고 온 것이 아니었지만 확실이를 옆에 앉혀두고도 확실의 아버지가 없다고 해서 우두커니 있는 것은 맥빠진 일이 아닐 수 없었다. 그렇다고 자기를 본 척도 않는 확실에게 먼저 이야기를 하기에는 영순이로서는 자존심이 허락지 않았다. 그는 그가 들고 온 상자도 줄 생각을 않고 벽만 바라보고 있었다.

영순이와 확실이가 약혼을 한지는 벌써 사 년이나 되었다. 그의 아버지는 그때도 늦었다고 하며 확실이가 아직 철도 안들었는데 그의 아버지와 약속을 했다. 영순이와 확실이는 그때 자기들이 약혼을 했는지 무엇을 했는지도 모르고 한 해를 지내다가 영순이 철이 조금 들고 또 영순이네는 잔치할 돈이 전혀 없음으로 영순이에게 돈벌이를 보낼 수밖에 없을 때 겨우 그런 사이라는 것을 알렸다. 동네는 다르나 얼마 멀지 않은 동네라 나물을 캐러 다닐 때도 늘 만나 놀던 그들이었지만 그 뒤부터는 만나면 부끄러워 했고 서로 말을 못했다. 그러다가 영순이가 평양으로 들어가 돈벌이를 할 때 차츰 이성을 알게 된 그들은 편지는 못했으나 서로 그리워했고 동네에서 아름답기로 손꼽히는 확실인 만큼 영순의 마음은 더욱 끌려갔다. 그래서 얼마 만에 만나면 입에 손을 대고 빙글빙글 웃으며 보던 그들이었다. 확실이도 남보다 못생기지 않고 남과 달리 평양가서 일한다는 영순에게 호감을 가졌고 부모가 정해

준 인연을 지켜야한다는 것보다 자기도 모르게 정이 들었던 것이었다.

작년 여름만 해도 영순은 확실이가 김매러 다니는 길목으로 몇 번이나 나갔으며 확실이도 그런 영순을 기쁨으로 대해주었다. 그러나 일년 동안이나 헤어져 있던 그들이 비오는 날에 아무도 없는 방에 단둘이 마주앉았는데도 어째서 침울한 기운이 감돌며 무덤 같은 침묵이 깔려있는가? 영순은 멍하니 있었다. 확실이가 어떠한 마음을 먹고 있는지를 알려고도 하지 않았다. 그는 지금 누구와 마주앉아 있는지 조차도 모르는 듯한 곳만을 뚫어지게 바라보고 있었다.

파리가 눈을 스치고 날으는 바람에 눈을 꿈벅하고 고개를 돌릴 때 석양이 붉은 빛을 문틈으로 던져 확실의 왼쪽 뺨을 물들이고 있는 것을 보았다. 고개도 까딱하지 않고 바느질을 하고 있는 그의 얼굴, 금세 눈물이 흐를 듯한 그 눈자위는 전에 보지 못한 것이었으나 조각해 놓은 것 같은 묘한 입술과 머리털이 답수룩하게 덮힌 작은 귀는 예전 그대로였다. 그러나 무엇 때문에 침울해 있는지 알 수가 없었다. 몸을 까딱도 하지 않고 침착하게 일을 계속하는 것으로 보아 수줍어서 그러는 것 같지는 않았다.

영순이가 꾸어온 보릿자루 같이 우두커니 앉아 있을 때 확실의 아버지가 들어왔다.

"아버지, 그새 안녕하셨어요?"

그의 아버지까지 상을 찡그리고 들어오는 것을 본 영순은 그래도 일어섰다.

"응, 너 왔니? 앉으렴!" 그도 인사를 받고 앉았으나 조금도 반가워하는 기색이 아니었다. 그러고서도 한참이나 아무 말이 없는 것을 볼 때 아무래도 이 집이 무슨 일이 생긴 것이라 생각되었다. 빨리 가지 않는다고 나무람 할 것이라며 어서 가라고 하던 형의 말은 사정을 너무나 모르고 한 말이란 생각이 들었다. 그러나 무슨 말이라도 해야 말문이 터지리라는 생각으로 영순이가 먼저 말을 꺼냈다.

"고기를 잡으러 가셨다지요? 많이 잡혔습니까?"

"너무 반찬이 없어서 개울에 갔지만 소낙비가 내렸는데두 고기가 오르지 않데."

장인은 누구에게 하는 말인지 모르게 앞만을 보며 한 손으로는 담배를 담고 있다. 그 다음에는 할 말이 없었다. 더 말하고 싶지 않게 무심한 그들 부녀에게 화가 치밀었다. 그래도 자기의 사위가 될 사람이며 전에는 자기에게 아들이 없으니 아들같이 믿어진다고 하던 그가 일 년 만에 처음 온 자기에게 그렇게 냉정함은 설사 무슨 일이 생겼다해도 그것은 사람을 무시하는 일 같았다.

"가보겠습니다."

영순이는 모자를 들고 일어서면서도 무슨 말을 하려고 손을 잡아 앉힐 줄 알았다.

"가겠어? 서운하구만!"

담배를 빨며 일어서는 장인의 말이었다.

"가면 형님을 좀 오라고 하게! 의논할 일이 있다구." 문 밖으로 나서는 영순의 뒤를 따라오며 장인이 말했다. 그러나 확실이는 일어서지도 않았고 돌아가는 영순이를 보려고도 않았다.

영순은 눈물이 나오려고 해서 돌아서서 확실의 아버지에게 인사도 못했다. 그러나 가지고 갔던 종이에 싼 물건만 그냥 놓아두었다.

영순은 힘 없이 재를 넘었다. 넘어 갈 때는 춤추고 싶던 그 재를 참담한 심정으로 넘어왔다.

"아마, 나하구는 결혼을 않기루하구 다른 데 새로 말이 난 거지."

도주逃走

확실이네 집에 갔던 성순이가 어둑컴컴해서 돌아왔다. 말 없이 밥상만 받고있는 성순을 바라보며 진심은 일이 어그러지고야 말았구나 하는 염려와 초조한 마음으로 물었다.

"무슨 일이 생겼습니까?"

"에이, 그놈들 사람이 아니구 짐승들이야! 글쎄, 삼 년 동안이나 지내온 혼사를 이제 물리구 다른 데 말하구 있다나!"

"건 또 누군가요?"

"그게 참봉의 아들 작난이래. 그놈과 같이 동네에 온 녀석 하나 있지 않아? 그에게 중매를 섰다나…… 그놈들두 꼭 같은 놈들이야! 한칼에 베어 죽일 놈들이야! 개 같은 놈들!"

영순은 어안이 벙벙한 듯이 웃골에 혼자서 매를 본 꿩이 머리를 눈 속에 파묻듯이 고개를 숙이고 눈만 껌벅거리고 있었다.

그도 돈 없는 자기의 신세가 너무나 처량하다고 생각했다. 돈 없는 자기라고 들었던 정을 일시에 빼어돌리는 확실이도 괫씸했지만 모든 것이 돈 없는 자기의 탓임을 생각할 때 결혼이고 뭐고 모두 집어치운 뒤 시베리아의 오로라가 있는 땅에서 방향도 없이 헤메다가 죽었으면 싶었다.

돈으로 색시를 뺏어가고 권력으로 애정을 채어가는 이 세상을 불질러 놓고 싶을 정도로 그들이 미웠다. 달음질로 김참봉네 집엘 가서 싸우고 싶기도 하고 확실이에게 가서 머릿채라도 쥐고 분풀이라도 했으면 마음이 시원할 것 같았다.

다시 들어가려던 평양도 다 그만두고 싶었다.

남의 집에서 그런 수모를 받고 있으면 무슨 소용이 있을 것이며 돈을 번다고 해도 그것으로 무엇을 할 것인가.

맹꽁이 소리가 요란한 밤을 뜬 눈으로 보냈다.

그 이튿날 저녁에 확실이 아버지가 넘어왔다.

"자네 형은 어디 갔나?" 문 안에 들어서지도 않고 영순에게 물었다. 몇 오라기 나지도 않은 노랑 수염까지 보기 싫을 만큼 확실이 아버지가 미웠으나 대답은 아니할 수 없었다.

"일하러 갔어요."

"어디루 갔나?"

"나두 모르겠습니다. 들로 나갔겠지요."

확실이 아버지는 영순을 상대하지 않고 눈썹 하나 까딱도 않는 얼굴로 돌아갔다.

예전에 내 살붙이 같은 생각이 들던 확실이 아버지가 오늘은 악마와 같이 미워 보였다.

　컴컴했을 때 장인이 성순이와 같이 다시 들어와 앉았다.

　"성순이 생각을 해보게! 영순의 마음이 더 상하기 전에 일을 끝내야 되지 않겠나? 자, 어서 받아두라구……. 응?"

　"난 모른다니까 그러네요!"

　"자네두 김참봉네 땅으루 사는 사람이 아닌가? 만약 이런 말이 그의 귀에 들어가면 자네두 좋을 일 없네!"

　확실이 아버지는 지전장을 내어놓았다. 성순이도 분한 마음에 뻗대었으나 사실 김참봉네 땅이 아니면 굶어 죽을 판에 사돈의 말을 아주 무시할 수가 없었다. 그러나 즉시 돈을 받을 수가 없어서 내일 다시 넘어오라고 한 뒤 보냈다.

　문 밖에 나선 확실이 아버지는 베감투를 만지며 말했다.

　"생각을 잘해주게! 사정이 딱하게 된 것을 어쩌겠나?"

　"가보시라구요. 내일까지 생각해볼 테니까." 쏘는 듯이 말을 했으나 한편 애걸하는 확실이 아버지도 퍽 불쌍해 보였다.

　그도 돈닢이나 있고 점잖은 척하는 이라면 자기와 같은 이에게까지 와서 빌지는 않을 것이었다. 허락을 해놓고도 뒷일을 감당치 못해 자기에게 와서 비는 것이 딱해보였다. 그러나 지금 형편으로 성순이가 그를 동정할 처지인가?

　확실이 아버지가 간 뒤 그들은 계약금 오십 원이라도 받았다가 다른 처녀와 성례를 할 수 밖에 없다고 생각했다. 영순은 확실이를 죽어도 잊지 못하겠다고 생각했으나 이제는 틀려먹은 일이고 그러다가 오십 원도 못받고 죽을 때까지 장가를 못가면 결국 자기의 손해라는 것을 깨닫고 형의 의견에 찬성했다.

그러나 약혼했던 처녀를 빼앗기고도 밥을 못먹을까 장가를 못들까를 걱정하며 계약금을 받으려는 것을 생각하니 기가 막혔다.

"할 수 있나? 이놈의 세상이 그런 것을! 곱고 좋은 것은 무엇이나 돈 있는 사람만이 차지할 수 있는 세상이니까. 너두 이제는 다른 데 갈 생각말구 집에서 농사나 짓자!"

"나두 가구 싶지 않아요. 농사가 제일 편하지요."

다음날 다시 오겠다던 확실이 아버지는 해가 지고 컴컴할 때까지 오지 않았다. 돈을 기다리던 마음에 오겠다던 그가 오지 않는 것이 그들을 불안하게 했다.

다음날도 또 아무 소식이 없었다. 사흘이 지나도 아무 소식이 없자 성순은 도리어 찾아가고 싶은 마음이었으나 큰소리를 하고 보낸 자기로서 그럴 수는 없었다.

궁금하게 기다리면서도 들에 나갔다가 돌아온 성순이 영순에게 온 편지를 봤다.

"영순아, 네게 편지가 왔다! 읽어 봐라, 응? 평양 네가 있던 그 집에서 빨리 오라는 것이 아닌지……."

영순은 촌에서는 편지라는 것을 처음 받아보는 것이기 때문에 기쁘기도 했으나 어디서 온 것인가가 궁금해서 우선 봉투를 뒤집어 보았다. 그러나 봉투 뒤에는 아무 글도 써있지 않았다. 봉투를 뜯었다.

형과 함께 들에서 일하다가 들어온 그는 방에도 들어가지 않고 토방

위에 앉아서 연필로 휘갈겨 쓴 편지를 읽었다. 성순이는 옆에 서서 무슨 소식이 쓰여있는지 궁금해하고 있었다.

영순씨

나는 할 수 없이 도망을 쳐왔습니다. 여비는 김참봉의 아들이 주고간 오십 원에서 얼마를 가지고 아버지 몰래 나왔습니다. 신은 당신이 사다준 흰 고무구두를 신고요. 나는 집에 있을수가 없어서 동네의 말이 있을 줄도 알고 아버지도 혼자서 곤란해 할 줄 알면서도 떠났습니다.

장가를 못 들어 나이 많도록 혼자서 지내는 아버지가 김참봉의 힘으로 장가를 들게 되었으니 내가 아버지의 말을 거절할 수가 있겠습니까? 그렇다고 내가 당신을 뚝 잘라버릴 수도 없으니 나는 내몸을 두 개로 만들고도 싶었습니다. 물론 당신이 우리 집에 왔던 날까지는 나의 마음도 그리로 끌렸댔습니다만 당신이 왔다 가고 당신의 형님이 오시었다가 간 뒤 나는 그대로 그 마음을 가질 수가 없었습니다. 남자되는 이가 공부를 잘하는 학생으로 나를 좋아한다고는 하나 그런 사람이 소학교도 구경 못한 나와 같이 살 것입니까? 더구나 당신의 얼굴을 볼 때 나는 참으로 눈물을 흘렸습니다. 그리고 나의 잘못을 깨달았습니다. 당신이 뒤를 돌아보면서 재를 넘을 때 나는 집 모퉁이에서 당신을 보며 울었습니다. 용서하십시오. 그날 나는 참으로 사람의 마음을 가지지 못하였었지요. 지금 생각하면 그때 당신의 마음이 얼마나 아팠을 것을 더 알 수 있습니다.

그래서 그곳에 있으면 결국 가고 싶지 않은 곳으로 끌려가게 될 것이 분명해서 그곳을 떠나는 것밖에 다른 도리가 없었습니다.

나는 지금 잘 데와 먹을 것이 없습니다. 그러나 어디를 가든지 먹을 것이야 생기겠지요. 당신도 집에 있고 싶지 않으면 평양 같은 데라도 다시 오십시요! 언제 만날 기회가 있겠지요.

이만

봉투를 몇 번씩 살펴보고 편지를 훑어보았으나 주소가 없었다. 분명히 확실에게서 온 편지였지만 주소가 없는 것이 답답했다.

"누구에게서 왔니! 응?"

"확실이가, 어디루 도망갔대요!"

"아니 어디루?"

"그걸 모르겠어요."

"도망을 가다니……."

영순은 편지를 다시 접으며 한숨을 푹 내쉬었다.

팥 밭

식은 보리밥 덩어리에 고추장을 버무려 한 술 떠먹고 나선 성순이는 풀이 길게 자란 곳을 골라 지게를 내려놓았다. 바로 옆에서 수심가를

부르던 순환이 가가까이 와서 앉는다. 썼던 밀짚모자로 바람을 내며
이야기를 꺼냈다.

"과연 덥군! 이렇게 더운 시절은 처음 보겠는데."

"매년 그렇지. 지금 어떤 땐가? 논물이 절절 끓을 때가 아닌가?"

"이렇게 덥다가도 비가 와주면 살겠는데……. 요새는 너무 더워 낮
에는 물을 풀 수가 없어서 밤잠을 못자며 밤에만 푸니 사람이 견딜 수
가 있어야지."

"글쎄 내일이라두 비가 와주었으면 좋겠는데……."

"난 일찍 들어가서 논에 줄 비료를 가져와야겠네. 김참봉이 자기의
돈으로 비료를 샀다고 하며 추수한 뒤 돈을 갚기루 하고 쓰라데. 안해
서 되겠나?"

"전에도 한 번 그런 말을 들었네만 자꾸 비료만 처 넣으면 무엇하
나? 참 한심하지."

"그야 그렇지. 그러니까 그런 것은 지주가 자기의 돈으로 내야하지.
보게, 공장에서 일하는 노동자는 자기가 재료를 사서하나? 전부 공장
주인이 주는 것 같이 우리도 그렇게 해야할 것일세. 어떤 데서는 그렇
게 하는 데도 있다데."

"그렇게 해야 농민들두 살 수 있지."

"그렇기 때문에 누구나 정신을 차리구 눈을 똑바루 뜨고 살아야 할
세상일세."

낫으로 풀을 베어 한짐 해지었을 때는 참새들이 들에서 분주히 떠들
다가 동네로 몰려들고 있었다. 성순은 그때까지 기다리고 있던 순환이

와 함께 동네로 들어갔다.

물오른 풀을 한짐 지고 가려니 땀나는 것은 고사하고 어깨를 칼로 자르는듯 했다. 그래서 순환이와 맞받아가며 소리를 했다.

그들에게 소리가 없으면 피곤을 잊을 길이 없을 것이다. 소리가 좋다거나 천하다거나 그것은 모르나 다만 그 소리 자체가 위안이었다. 소리를 하는 순간만은 짐이 무거운 줄도 어깨가 아픈 줄도 잠시 잊게 되는 것이다.

"들어갔다가 나오게!"

성순이가 풀짐을 숭창에(거름을 썩히는 곳) 던지고 곧 김참봉네 곳간으로 가서 암모니아를 두 포대 지고 순환이와 같이 다시 논으로 갔다.

"요즘은 돈만 있으면 농사두 쉽게 지을 수 있단 말이야! 암모니아는 무엇으루 만드는지 이놈만 뿌리면 모래땅이라두 낟알이 썩어지게 되니까."

성순이가 땀을 흘리면서 뒤에 오는 순환이에게 말했다.

"돈 없는 사람은 그런 것이 생겨서 더 못 살게만 되지. 그런 것이 없던 때야 이렇게 살림살이가 박했었나?"

"그것이 이상하단 말이야! 세상이 발달해가는데 할아버지 때보다 지금이 더 살기가 힘이드니……."

"응, 세상이 발달하는 것이 좋기는 하지만 그게 모두 돈 있는 사람 위주란 말이야. 그래서 돈 있는 사람은 조상 때보다 몇 배나 잘 살지 않나?"

"정말 그런 모양이야!"

끓던 물이 저녁 바람에 조금 식었을 때 그들은 논에 들어가서 소금 같은 암모니아를 골고루 뿌렸다.

"김이나 맸으면 일 년 먹을 것이 굴러들어올 줄 알았더니 생각지두 않았던 것이 자꾸만 그런가? 남의 땅으루 사는 사람이야 누구를 꼽을 것 있나?"

"글쎄 그럴까……"

잠자리를 찾느라고 그런지 뒷산에서 뻐꾸기가 뻐꾹뻐꾹 울고 있다. 윗논에서는 물닭(뜸북새)이 물소리를 내고 아랫논에서는 물푸는 소리가 철석철석 들렸다. 석양은 산속으로 뻘건 빛을 감추고 하늘의 흰구름은 높이 떠서 방향을 모르게 움직인다.

"한잠 자구 물 푸러나 나오세!"

"우리집에 와서 나를 좀 깨워주게."

"그러지."

그들은 어두운 뒤에야 집으로 돌아왔다.

"조밭의 느자지(병충 이름)가 얼마나 많습디까?"

성순은 내일 풀 베러 갈 낫을 숫돌에 갈면서 진심에게 물었다.

"시꺼먼 느자지가 여간 많지 않아요. 빗자루루 쓸기는 했지만 다 없애지는 못하겠습디다. 이런 시절은 처음 보았어요."

"비가 오지 않아서 그래."

"참 아까 편지가 왔습디다."

진심은 안으로 들어가 이불갈피에 넣어두었던 편지를 들고 나왔다.

"어데서 왔나? 아마 영순이한테서 왔겠지. 그렇지만 어두워서 보여야지……."

성순이는 소나무 가지를 몇 개 갖다놓고 불을 붙인 뒤 봉투를 찢었다.

형님 전상서

집을 떠난지가 벌써 한 달이나 거의 지났습니다. 곡식들은 잘 되었는지요? 아주머니 몸도 평안하신지 알고 싶습니다. 저는 그때 평양에 와서 얼마 안되어 서양사람이 주인인 맥분공장에서 일을 합니다. 전에 있던 그 상점에서는 여러 가지 말로 못 간다고 하며 나중에는 내가 쓴 돈 오 원을 갚으라고 까지 했습니다. 그러나 돈도 없을 뿐 아니라 삼 년 동안이나 있으면서도 돈 한 번 쥐어보지 못한 나로서 그것을 어찌 갚아주겠습니까? 지금은 시간으로 일을 하는만큼 돈을 받습니다. 여기서도 밥을 사먹고 그러니 돈이 남을 것은 없겠지만 그래도 시간대로 돈을 받으니 퍽 마음이 편한 것 같습니다. 아버지 장례 때에 쓴 돈은 다른 생각을 마시고 안심하고 계십시오. 내내 평강하시기를 바라옵니다.

평양에서 사제

"뭐랬소?"

"지금은 공장에 가 있다구 했군……."

"거긴 월급이 얼마나 되는지……."

"그런 말은 없어. 상점에 있을 때 보다는 좀 낫다구 그랬는데 어쩐지……."

"밥을 먹어야지요." 부엌으로 들어가며 진심이 말했다.

"여기서 한 술 먹지. 방 안에 들어가두 덥기만 하구 더 어둡기만 한 걸…… 그런데 사람은 몇이나 얻었소?"

"사람이 얼마 있어야지…… 댓 사람 얻었지요."

"그만하면 넉넉하지…… 그런데 짐꾼에게 참외라두 사먹여야겠는데 어떻게 하누……."

"아무렇게 해서라두 그거는 해야지…… 남들이 하는 것을 우리라구 안해서야 되나요?"

"이런 때 땅이 있어 참외라도 심었댔으면 아무 걱정 없을텐데……."

"거참! 땅이 있으면 그런 걱정을 왜 할까?"

성순은 진심의 말에 웃어버렸다.

다음날 아침에는 팥밭 김을 매러 나갔다. 김 가운데서도 가장 더울 때 매는 팥밭 김은 어떤 김보다도 힘들었다.

"사내놈 못난 것은 칠월 팥밭 고랑에 있다지…… 참으루 힘들군." 같이 김을 매는 동네 사내가 말했다.

"못난 놈이 아니야…… 돈 없는 놈이란 말이지……."

"물론 옛적에는 돈 없는 놈을 못난 놈이라구 했으니까……."

차차 더워만 가는데 성순은 아직 참외를 한 개도 마련하지 못해 근심이 되었다.

"여보, 참외막에 가서 외상으루라두 가져오소예."

"그럽시다."

다른 사람들은 그럴 것 없다고 말렸으나 진심은 자루 한 개를 가지고 참외 원두막으로 갔다. 진심은 얼마 되지 않아 참외 이십 전어치를 사가지고 왔다. 팥밭 두 벌을 매려면 사십 전은 없어져야겠다고 생각하니 성순은 더위를 이길 수 있는 시원한 참외가 목으로 넘어가지 않았다.

추 수秋收

"오늘은 다 자르구 내일은 두들기구 모레는 하루 말려서 글페야 찌겠구만……."

"글쎄 그렇게 밖에 더 할 수가 있나……."

"어서 어서 햇 좁쌀밥을 먹어봤으면 좋겠다."

조이삭을 자르며 진심이 말했다.

"먹조는(조의 한종류) 맛이 좋지만 적게나서 걱정이야……." 한편에 앉아 칼로 조의 이삭을 잘라 마당 가운데로 던지던 성순은 제일 커 보이는 조 이삭 하나를 들고 말을 계속했다.

"다 이런 놈 같다면 몇 개 안있어두 한 말이 되겠군. 참 잘됐는데……."

"아무래두 금년은 풍년이야요, 그만하면 안됐달 것이 없으니까…… 보리 한 가지만 빼놓구는……."

"잘되구 말구. 벼두 결실이 잘됐구 팥두 알이 많이 달리던데."

"조나 한 너덧 섬 났으면 좋겠다."

잘라 놓은 조이삭이 높이 쌓여가는 것을 쳐다보며 진심이 말했다.
"글쎄, 그만큼 날지? 전에두 두어 섬 반씩을 노났는데…… 그래두 그렇게까지야 날 수 있을라구."

"하여튼 이번 추석에는 빚을 못 물어두 떡이나 한 번 해 먹읍시다."

"그렇게 합시다. 백 년 가야 꼭 같을 텐데 이런 때 안 해먹구 언제 해먹어보겠소? 먹어야 장수지 먹지 않는다구 내 것이 되나?"

"명절이래야 며칠 남았나…… 그새 비나 오지 말아야 쌀을 찌겠는데……"

"비는 무슨 비가와."

성순은 한 푼이라도 함부로 쓰지 않고 살림살이를 해보려고 애를 썼으나 항상 몰려만 가고 마음 상하는 일만 생기기 때문에 이제는 절약하는 것이 도리어 쓸데 없는 일 같았다. 보리를 찧어서 다 먹은지 벌써 한 달째 남의 곡식으로 먹고 있으나 조를 찐대도 갚아줄 것을 갚아주면 남는 것이 없을지 몰랐다. 그러나 돈 때문에 언제나 편안치 않은 자기의 마음을 생각할 때 돈푼을 가지고 밤낮 떨기만 하고 싶지는 않았다. 돈에 염증이 났다. 돈이 없다는 것을 생각하기조차 싫었던 것이다. 돈 쓸 생각을 하면 끝이 없고 돈 생길 곳을 생각하면 손바닥같이 빤히 들여다 보이니 돈 생각 한다는 것 자체가 골치 아픈 노릇이었다.

"오늘이 칠월 수무 닷새니까 추석이 얼마두 남지 않았구만……"

"그럼…… 얼마 안남았어요." 사산死産을 하고 난 지 얼마 안되는 진심이 아직도 핼쑥한 얼굴로 성순을 쳐다보며 말했다.

"고기두 한 반근 사다 먹지. 먹을 때 먹어야지 언제 또 그런 마음 낼

텐가"

"그렇게 자꾸 쓰면 어찌하게……."

"고기 한 근이래야 십오 전 아니면 이십 전 일걸."

이십 전이 적지 않은 것이었지만 곡식을 팔기 시작할 때라 그다지 큰 돈 같지가 않았다.

"정월 명절에두 먹을 것을 생각 해야지……."

"이제 먹으면 그때야 그만둬야지."

"조금씩 오래 먹어야잖아요."

"아끼다가는 따루 가는걸…… 정월 명절까지 그 돈이 그대루 남아 있나?"

"그러기야 하지만……."

성순이는 마당 기슭에 있는 복숭아나무 아래로 가서 좀 큼직하고 싯 누런 늦 복숭아 몇 알을 따가지고 와서 진심에게 주었다.

"아직 익지두 않았구만……." 한 알을 깨물어 씹던 성순이가 얼굴을 찡그리며 말했다.

"그래두 맛은 들었는데……."

진심도 복숭아를 치마에 문지르고 한 알을 깨물었다.

"내년에 이 나무에다 접을 부칠까봐……유월도六月桃가 열린다는 데……."

"할 줄 압니까?"

"그까짓 것 하면 하는 거지……." 성순은 복숭아씨를 내던지며 말했다.

"가을이 좋기는 좋아. 그래두 과실두 먹구 햇곡식두 먹어보구……."

"그러기에 농부는 가을을 믿구 사는게지……."

그들은 다 자른 조 이삭을 마당 가운데 놓고 그 위에 멍석을 덮었다. 조대는 가려 낫가리를 만들었다. 다음날 아침 이슬이 가신 뒤 성순은 마당 사방에 멍석과 삿뙤기를 돌려 펴고 조알이 튀어나가지 않게 한 뒤 도리깨질을 시작했다.

두알배기 도리깨는 재빨리 돌아가 조알을 와삭와삭 떨어뜨렸다. 도리깨가 땅에 떨어질 때마다 조알이 튀며 먼지가 나서 마당을 뽀얗게 만드는 동시에 그의 머리를 누렇게 만들었다.

"그만 두구려…… 혼자선들 못할라구."

도리깨를 들고 나오는 진심을 본 성순이가 말했다.

"집안에 있으문 무엇하게요?"

"그러다가 병이 들면 되나……."

"이걸 한다구 병이 들겠오?"

둘은 번갈아 가며 도리깨를 쳤다. 힘 없는 진심은 성순이 만큼 힘있게 칠 수가 없었으나 성순이 만큼 오래 견딜 수는 있었다. 마당으로 왔다 갔다하며 아주 떨어지지 않은 것을 골라 쳐나가는 그들은 땅만을 들여다보고 있었다.

성순은 도리깨질을 하면서 진심을 힐끔 보았다. 팔이 아픈지 고개까지 숙이고 있다. 도리깨를 울릴 때마다 허리를 폈다가 도리깨를 내려 칠 때는 허리를 굽히는 모양이 몹시 애처러웠다. 팔이 아프겠지만 그래도 말을 못하고 몸만 비꼬는 것이 우습기도 하고 불쌍하기도 했다.

"힘들면 좀 쉬었다가 하소! 내 혼자서 그냥 할테니……."

"심상해요!"

숨까지 할닥할닥한다.

"정말이지 좀 쉬어가며 해요."

"그냥해요. 누가 어떻대요?"

그냥 뛰어들었다. 몇 번 걷어 뒤집고 조 북데기만 얼마 남았을 때다.

"조금만 더 하면 되겠다."

"이제는 그만 두구 키와 그릇이나 내오소. 내 마저 할 테니……."

진심이 한참 앉아있는 동안 성순은 조를 다 쓸어모았다.

"이제는 디리웁시다."

멍석을 깔고 부축(바람을 내는 것으로 돗자리 같은 것)을 다리 사이에 넣었다. 진심은 키로 조를 담아다가 부축 앞에서 조금씩 쏟았다. 성순은 부축을 치며 먼지와 껍질을 날렸다.

"에, 바람 잘 분다. 빨리 디리우소." 바람을 타고 잘 날라가는 먼지를 보며 성순이가 말했다.

"좀더 많았으면 좋겠다. 팔이 아파두 디리워주게……."

"정말 좀더 있었으면 좋겠는데……."

"모래보다두 더 가벼운 이놈이 없어서 걱정들을 하누만……."

진심이 나무로 만든 말을 들고 나와서 가마니를 벌렸다.

"석 섬은 되눈……. 이것 가지면 얼마 동안은 먹겠지 ……."

"이것으로 겨울을 나야지요. 벼는 전부 빚을 물구. 그렇지만 꾸어다 먹은 쌀은 무엇으루 갚아주지?"

입쌀로 갚아주기로 하고 꾸어다 먹은 것을 조로 갚아 줄 수는 없는 일이므로 조는 그들이 먹을 유일한 양식이었다.

"찌면 좁쌀이 얼마나 날까요?"

"글쎄, 한 절반 남아날까……." 조를 만져보며 성순이 대답했다.

가을 달밤

"이제는 제법 추운데……."

"상강霜降이 언제 지났기에……."

"좋은 때다! 이제부터 큰 곳간을 가진 사람은 창고 문만 열어두면 술술 들어갈 때로구만……."

"우리두 언제나 창고를 짓구 살아볼까……."

"창고? 뱃속 창고나 말리우지 말게나." 성순네 벼를 베는 사람들의 말이었다.

"어떤 일보다도 가을 곡식 거둘 때는 힘든 줄 모르겠는데……. 무거운 벼 이삭을 쥐는 맛이 괜찮거든."

"그야 누구나 다 그렇지."

노랗게 익어 늘어진 벼를 한웅큼 두웅큼 낫으로 베어가며 한 발자국씩 나아갔다.

"또 벼맛질하는 재미두 무던하지. 한참 두르면 한 섬씩 나오는 것이 볼만하단 말이야."

"벼맛질이야 주사(나)가 잘하지…… 너희들이 벼맛질하면 나를 꼭 데려가라구. 남의 볼반(한배반)이나 해주마."

"아직 벼맛질 할 날 멀었다. 눈이 내려야 시작하는 거니까."

"아무 때라두 할 때 말이야."

땅이 보이지 않던 논이 점점 논바닥이 들어나 시꺼멓게 보인다. 잘 작 잘작 하는 물에 벼그루가 누렇게 남아 있는 것이 쌀쌀한 가을을 말해주는 듯 했다. 하늘은 무한히 높고 남색 물감을 풀어 놓은 듯 파랬으며 나뭇가지에 불어오는 바람은 벌레들을 슬피 울게했다.

"아니, 그런데 금년은 어찌 될까? 작년같이 곡식 시세가 낮아서야 살 수 없을텐데……." 순환이가 화제를 돌렸다.

"좀 올랐으면 좋기야 하겠지만 갑자기 그렇게 될라구?"

성순이가 벼그루를 자르며 순환을 쳐다봤다.

"왜 또 기미년己未年 같은 시절이 올려는지 알 수 있나? 전쟁두 일어났다는데……."

"한 번 그렇게 되었으면 좋겠는데……. 좁쌀 한 말에 삼 원이나 했다면서?"

"아무리 풍년이 진대두 이제는 아무 소용이 없어. 암만 풍년이래두 전의 배는 나지 못할 것이니까." 순환이가 맥기(볏단을 묶는 것)를 만들며 허리를 폈다.

"그래, 나는 금년두 작년 같은 시세라면 벼가 열 섬이래두 팔아서 빚을 다 물 것 같지 않으니 참 야단이지……." 성순은 벼를 묶고 있었다.

"나는 입에 못 대보구 다 판대두 빚을 물고 나면 비료 값두 남지 않을 것 같네. 농사는 나 먹으려구 하는것이 아니라 돈 있는 사람 먹일려구 하는 노릇이지."

"다 그렇지. 누구는 안그런가? 꾸어 먹은 쌀, 빚내어 쓴 돈 다 갚으면 먹을 것이 쥐뿔다구나 있나. 다 남의 쌀이야⋯⋯." 성순이가 순환이의 말에 대꾸했다.

"그래 봄에는 빚을 내어다가 농사 짓고 가을에 거두어서는 그것 물어주구⋯⋯. 그것이 농부지."

"그것 뿐인가? 남은 바빠서 죽을 짬도 없는데 이것을 하시게 저것을 하시게 하는 것이 더 귀찮아 죽겠네. 이번에도 내게 돌 삼십 상자를 모으라구 고지서가 나왔데. 요즘이 어느 때라구 그런 것을 하고 있담⋯⋯. 참 한심들 하지!"

"또 돌을 못 모아보지, 한 상자에 오 전씩 벌금을 물라구 하겠지⋯⋯. 이래두 죽구 저래두 죽을 팔자야! 할 수도 없구 그렇다구 안할래니 벌금을 물 것이구⋯⋯. 참 딱한 노릇이야!" 한편에서 벼를 베는 이들이 말했다.

"담배나 한 대씩 먹구 합세." 성순이가 큰 소리로 말했다.

"다들 나가서 조금 앉았다가 하세! 허리가 아파서 하겠나⋯⋯." 순환이도 큰 소리로 말했다.

그들은 마른 잔디에다 불을 질러 놓고 동그랗게 모여 앉아서 담배를 피웠다.

"담배를 사 먹을래두 어디 돈이 들어 먹을 수가 있는가? 전처럼 내 땅에 내 담배를 심어 먹었으면 좋겠두만 그것은 왜 못하게 하는지⋯⋯ 남 담배두 못먹게⋯⋯."

"아니 그것두 몰라? 나라에서 세를 받아야 겠는데 집집이 심으면 그것에 세를 받을 수 있겠나?" 순환이가 종이에다 희연을 말아 침으로 붙여 궐연 같이 만들었다.

"이렇게 해서 먹으면 나두 삐지온(당시의 고급 담배 이름) 먹는 것 같지. 하하!"

"삐지온(비둘기)은 별 맛 있나? 아무거나 먹으면 되지……." 곰방대를 문 사람이 말했다.

"담배를 배부르두룩 먹어봤으면……." 잔디 언덕에 누운 사람이 담뱃대를 쥐고 콧구멍으로 연기를 내보내며 말했다. 이말에 모두 웃었다.

쌀쌀한 가을바람이 종아리에 소름이 돋게 불어오는 어둑 어둑한 저녁때야 그들은 집으로 돌아왔다.

파랗던 하늘이 노란빛으로 변하고 다시 흙색으로 변하는 늦은 가을 저녁 참새들도 들에서 마을로 날아오고 벌레도 제 구멍을 파고 들어가 들은 적막하기만 했다.

볏단이 어둠 속에서 귀신같이 보이며 잎이 떨어진 나무들이 시체 같이 앙상하게 서 있었다. 서편 하늘의 낙조는 점점이 떠 있는 구름을 붉히다가 어둠에 자취를 잃고 동편과 서편 하늘에는 샛별이 몇 개 떠서 어두운 하늘에서 졸고 있었다.

저녁을 먹고 집으로 가서 옷을 껴입은 뒤 다시 성순네 마당에 모여 앉은 때는 하늘에 별이 무수히 반짝이고 가을 달이 동천에서 떠오르고 있을 때였다.

"이제는 밤이 퍽 길어졌는데? 오래 앉아 있다가 자두 그다지 곤한 줄을 모르겠어."

"그렇구 말구. 때가 구시월 아닌가?"

까래 위에 앉은 그들은 잡담을 시작했다. 어떤 때는 순환과 진억이가 농장에 가서 싸우던 이야기도 했고 어떤 날은 허튼소리로 밤을 보내기도 했다. 하여튼 무슨 말을 듣고 싶거나 무슨 일을 알려면 여기로 와야 했다. 그들은 동네에서 생긴 일, 누구의 집에서 무엇을 해먹는 것까지 알았다.

벼맛질

"미노루식이 제일이야! 이놈은 하루에 열 섬씩 뽑아두 그만이로구만……."

"그럼 그것이 제일이야. 사도식左藤式두 무던하지만 오래 가지를 못해……."

"그러기에 돈이 얼마나 비싼가?"

김참봉네 마당에서 벼맛질을 하는 이들이 벼 기계 이야기를 하는 것이다.

"미노루식 기계를 한 개 사 두었으면 겨울엔 걱정이 없겠는데 돈이 있어야지."

"그럼, 그놈 하나만 있어두 하루에 세가 칠십 전이요, 사람의 일공이 삼십 전, 도합 일 원일세그려…… 매일 하게만 되면 큰 수나지……."

"그놈을 꼭 샀으면 좋기는 하겠는데……."

벼기계가 비행기 소리같이 웅웅 돌아가며 벼알을 떨어뜨렸다.

한 사람은 볏단을 날라주고 한 사람은 성기어주고 두 사람은 기계에 벼를 훑고 한 사람은 볏짚을 묶는다. 기계가 돌아가는 사이에는 사람이 기계같이 움직이며 누구나 쉴 새가 없이 일을 한다. 그러면서도 그들은 쉴새 없이 이야기를 한다.

"양닌네는 기계 하나루 겨울에는 잘 먹겠는데?"

"말 말게! 돈을 벌면 뭣하나? 돈의 이자밖에 안된다네……."

"그럴 리가 있나?"

"기계가 그 집에만 있나? 이 동네만 해두 몇이나 되는데……."

벼를 나르던 순환이가 벼낫가리에 올라가서 볏단을 내렸다. 얼마 동안 기계가 쉬었다.

눈이 한 번 내린 추운 겨울이었지만 그들은 쉬는 사이에 땀을 씻기가 바빴다. 솜옷을 입어야 할 때 그들은 여름 옷을 그냥 입고 있지만…….

"조반이 되었는데요." 진심과 순환의 처가 와서 밥을 먹으라고 한다.

아직 햇발만 있었지 해가 뜨지도 않은 때였다.

"먹구 합시다!"

조반 전에 두어 섬을 빼고난 그들은 배도 고팠다. 조반을 먹자 그들은 곧 마당으로 나왔다.

"배 부른김에 또 해보자!" 서로 덤비면서 추운 것을 잊으려고 제각기 고함을 쳤다.

기계는 무한히 빨리 돌아가며 소리를 냈다.

"이 마당치를 다 빼려면 겨우내 해야 겠구만……."

"우리만두 사오 일을 걸릴 테니까 그렇게 되겠지."

성순이가 한 발로 기계를 돌리고 두 손으로 벼를 훑으면서 말했다.

"이거야 얼마되나? XX골 창고에 들어갈 벼를 보게…… 그 벼낫가리를 보면 한숨이 나올 정도라네! 우리 같은 이는 그런 것을 주어두 어찌할 줄을 몰라 기절할걸세."

"참 끔찍해!" 기계소리에 지지 않으려고 목청을 돋우어 이야기를 하니 마당은 장터 같았다.

"좀 조용히들 하래요! 주무시지를 못 하시겠다구요!" 밥하는 여자가 나와서 하는 말이다.

"아직두 자는 게지?"

"자지 않구 할 것 있나?"

"어찌 금년엔 첩네 집으루 가지 않나? 매일 아우성치며 덤비는 것이 싫어서 겨울에는 다른 곳으루 가곤하더니……."

"금광이니 뭐니 하더니 아주 녹았다던데?" 그들의 목소리는 작아졌다. 조금 떨어진 곳에서는 들리지도 않았다.

해가 지고도 어슬했을 때야 기계를 멈추고 벼를 한편에다 밀어두고 명석으로 서리를 안 맞게 덮어두고 돌아왔다.

이렇게 나흘 동안을 벼 사십 섬을 빼냈다. 그리고 이십 섬은 김참봉에게 열 섬씩은 순환이와 성순이가 가졌다. 그리고 김참봉의 돈으로 사서 낸 비료대를 둘이서 한 섬씩 주고나니 가져온 것은 아홉 섬씩 밖에 되지 않았다. 그것을 가지고 갚을 것을 갚고나면 도리어 모자랄 것 같았다.

"추수를 해두 또 근심이로군! 이것을 가지구 빚두 다 갚지 못할 테니 어찌한담. 한해 농사를 지어서 하루두 감당하지 못하니⋯⋯."

성순은 입맛을 쩝쩝 다시었다.

"여보, 몇 섬이나 쪄야 물어줄 것 다 물어주겠오? 나머지는 팔아버려야지⋯⋯."

"아마 석 섬은 쪄야 될걸요. 석 섬을 찐대야 열댓 말이나 날까요?"

"그렇게나 되겠지⋯⋯."

"그거면 되겠지요. 어서 쪄서 갚아줄 것은 다 갚아줍시다."

"누가 안그렇겠다우? 벼가 눅어지기 전에 빨리 팔아서 최주사네 돈부터 물어야 시원하겠오⋯⋯."

"좀더 있으면 벼가 오를지 알겠오? 두었다가 팔지⋯⋯."

"두었다가 더 내리면 패가하게? 작년에두 제일 비쌀 때가 한 근에 오전 삼푼했는데⋯⋯."

"마음대루 하시오."

성순이가 한 해 동안 농사를 지어서 남에게 줄 것을 대개 주고나니 좁쌀 열 말과 팥 열아문 말이 남았을 뿐이며 그것으로 다음해까지 살아가야 했다.

시월에서 섣달까지 벼맷질과 나무하러 다니기에 세월을 보냈었다.

어떤 추운 날에는 밝기도 전에 가서 칼날 같은 바람이 부는 데서 맨

손으로 벼맛질을 하다가 손발이 얼어서 터지기도 하였고 그 손에서 물이 나기까지 하였으며 어떤 때는 삯꾼으로 팔려가서 한 삼십 전 받아오느라고 밤이 깊어서야 돌아올 때도 있었다.

"여보, 문 좀 여소! 에 빨리……."

어떤 날 눈보라가 문창을 두들기는 밤에 성순이가 문을 두드렸다.

"나는 자구 있다가 내일두 일하는 줄 알았지요!"

진심은 뛰어나가서 문을 열어주었다.

"빨리 가서 짠지 국물 좀 퍼오소! 손이 아려서 못견디겠오."

"손은 왜요?"

"왜는 뭐가 왜야? 빨리 가져 오라는데. 얼었어! 자, 보아!"

통통 부은 손을 내보였다. 진심은 김칫독에 가서 김치국물을 퍼왔다.

"어쩌다가 그렇게 됐소?"

"손이 얼어오지만 장갑이 없어서 그냥 했더니 이 모양이 된걸 어찌하나?"

"장갑을 마련하지 않구……."

장갑을 사서 끼다가 그것을 당해낼 수가 있어? 매일 한 켤레는 사야할텐데……."

이렇게 손이 부어 며칠 동안 누워서 앓은 때도 있었다.

이것이 겨울

"눈이 흠뻑 내리는군……."

"눈이 많이 오면 내년에 풍년이 든다지요?"

"그럼. 그러나 나무가 있어야 불을 때지……."

"정말 나무가 내일 땔 것두 없어요. 어찌하노……."

"산에 가서 해와야지 할 수 있나?"

"눈이 그냥 오는데……."

"조금만 멎어주면 나가서 소나무 가지라두 잘라 와야지……."

문창에 달아놓은 작은 유리알로 함박같이 내리는 눈송이를 내려보
던 성순이가 진심과 하는 이야기였다.

"오늘 저녁에는 비지나 해 먹을까요?"

진심이 아랫목에서 물레질을 하며 말했다.

"좋지…… 쌀도 바튼데 그런 것으루라두 끼니를 이어야지……."

웃방 하나를 전부 차지하고 멍석을 만들던 성순이가 말했다.

"그럼 콩을 불쿠어 둬야겠군……."

진심은 일어나서 콩을 물에 불리려 나갔다.

"눈이 좀 멎었어요. 해가 나는데……."

밖에서 하늘을 쳐다보면서 진심이 소리를 쳤다.

"좀 멎었어?"

성순은 무명 수건으로 머리를 쳐매고 옷을 더 껴입고 뒷 마당으로
나갔다. 마른 눈이 태양빛에 반짝이었으며 들과 산에는 눈 이외에 보

이는 것이 없었다. 그는 마당과 뜰의 눈을 다 쓸고 나서 지게를 지고 산으로 갔다. 추운 방에서는 그냥 잘 수가 없어서 언 소나무 가지라도 꺾어다가 때려는 것이다.

그는 다리가 쑥쑥 빠지는 산에 올랐다. 파랗게 살아있는 소나무 가지를 낫으로 찍어서 한 지게 메고 내려왔다.

눈이 녹아 다른 풀이 들어나기 전에는 매일 이렇게 할 수 밖에 없었다. 그것도 남의 산이라 주인 모르게 몰래 해와야 했다. 어떤 날 양지 쪽에만 눈이 녹았을 때다.

성순은 나무를 하러 매운 바람이 눈을 날리며 불어오는 산등성이로 가서 지게를 놓고 풀을 베었다. 산이 없는 사람은 남의 산에서 풀이나 벨 수 밖에 없는 것이다. 소나무 아래 솔잎과 낫으로 베어놓은 풀을 모아서 석단으로 묶어 한지게에 실었을 때다.

"이놈아, 누구냐?"

성순은 깜짝 놀랐으나 고개를 천천히 돌려보았다.

"누구냐, 응? 왜 남의 풀을 베어?" 산 주인이다.

"……."

"왜 남의 산에서 나무를 하느냐 말이다? 전부터 여기서 나무를 해갔지?"

"빨리 가!"

산주는 지게를 쓰러뜨리려고 한다. 성순은 주먹이 불끈 쥐어졌으나 남의 풀을 벴다는 약점 때문에 참을 수 밖에 없었다.

그날 성순은 빈 지게로 집에 돌아왔다. 그러나 전날에 해두었던 나

무가 조금 남았으므로 그날은 지냈다. 그렇다고 나무하러 가지 않을
수는 없었다. 얼어 죽고 굶어 죽을 수 없어 다시 나무를 하려고 남의
산으로 나서고야 말았다.

"오늘 저녁부터는 미녕(무명)을 할테니까 밤 깊어서 들어오시
소……."

"미녕은 사람을 얻어서까지 할 것 있나?"

"입던 솜옷을 다 꺼내서라두 해야지. 옷감이 전혀 없는 것을 어찌하
겠소?"

"아니 솜이 있단 말이오?"

"몇해 전부터 입던 옷에서 솜을 빼면 꽤 될거예요. 한 칠십 자는 짤
것이요……."

"되면 해야지……. 나두 오늘은 순(목탁을 치며 경비하는 일) 돌 차
례인데."

성순은 저녁을 먹은 뒤에 여자들이 물레를 들고 하나씩 들어올 때
나가버렸다.

방안에는 물레소리가 윙윙 나기 시작했다. 작은 방에 색시, 처녀들
대여섯 명이 물레를 놓고 앉으니 방안에는 손바닥만한 틈도 없었다.

"서너 목씩 헤어다오."

솜을 한 뭇씩 나누어 준 진심이 말했다.

"암만이라두 허지! 집에서 혼자 하면 갑갑해서……."

맨 웃골에 앉은 처녀가 말했다.

"참으로 미녕은 혼자서 못할 게드라…… 하루에 한 목을 하려면 나

중에는 졸음이 와서 견딜 수가 있어야지…….”

금년에 갓 시집 온 색시가 돌아가는 물레를 보며 말했다.

모이면 말이 많고 잔소리가 많은 시골 여자들은 미녕이나 하게 되면 못하는 말이 없다.

“나는 미녕 안하고 살아보면 좋겠드라! 갑갑해서 못하겠어…….”

“삯 미녕 하는 이는 어찌하고! 한 목에 오 전씩 받는데…….”

“그것을 누가 한담? 저희 것이야 옷감을 짜려니까 할 수 없이 하지만 남의 것을 겨우 오 전 받구 누가한담?”

“그래두 안하는 것보담은 나으니까 어찌하노?”

물레 돌아가는 소리가 규칙적으로 들리는 방에서는 가느다란 색시네들의 말소리가 그치지 않았다.

“너희들 본가 생각 나지 않던?”

전부가 자기보다 연하인 색시들에게 진심이 물었다.

“안 나다니요? 밤낮 본가 생각에 죽겠어요…….”

금년 새로 시집온 진심 옆 색시가 실을 뽑으며 무엇을 생각하는 것 같이 말했다.

“나도 색시 적에는 본가 생각이 퍽으나 나드라.”

“나는 나만 그런 줄 알었는데요…….”

“나는 시집온 지 삼사 년이 되었어도 그렇드라. 왜 그런지 나두 모르겠어…….”

바로 문턱 아래 앉은 스물두어 살 나 보이는 색시의 말이다.

“새서방하구 좋아하면서두?”

진심이 웃으며 하는 말에 그 색시는 얼굴을 붉혔고 방에는 처녀들의
웃음이 터졌다.

"너희들은 왜 웃니? 얼마 안있어 새서방의 사랑을 받겠는데……."

"망칙해라……."

조금 나이 적게 먹은 처녀가 입을 빗죽거리며 말했다.

"너희들두 지내보아라. 그게 제일이란다."

"아주머니두……."

옆의 색시가 부끄러운 듯이 말했다.

"말 마소, 시집이고 무어고 본가에 가서 일생 살았으면 좋겠습디다.
시집살이 같이 힘든 게 어데 있을까?"

나이 조금 든 색시가 말했다.

"글쎄 시집살이란 힘든 거지! 시부모에게는 며느리 구실, 남편에게
는 아내 구실을 제대루 해나가기가 그리 쉬운가. 일만 잘해줘야 좋다
구 그러니 시집살이가 만만한가?"

그들은 미녕을 만들려면 이른 봄부터 서둘러야 한 백 자쯤 겨울 사
이에 짜놓는 것이다. 그 동안은 밤낮 물레와 싸우고 베틀 위에서 지내
야하는 것이다.

그날 밤도 순을 세 번씩 돌고 삼성별이 거의 졌을때야 물레를 멈추
고 헤어졌다.

그때 순 도는 이들이 집으로 돌아와 몸을 잠시 녹인 뒤 순꾼들이 모
이는 곳으로 갔다. 성순이도 그랬다.

"꽤 추운 날이로군…… 걸어서 다니는데, 두 발가락이 잘라지는 것

같은데……."

성순이가 발가락을 주물렀다.

"졸음이 와 죽겠네……."

방바닥에 누운 이가 하품을 하였다.

"우리집에는 도적놈이 오래두 가져갈 것이 없어 오지 않겠는데 누구를 위해서 밤잠두 못 자구 이 고생을 하고 있나……."

"나도 그렇수다. 우리집에는 색시 하나밖에 있는 것이 없는데……."

그때 누웠던 이가 일어나며 말했다.

"겨울에두 한 번 마음 놓구 놀아보았으면 좋겠더라! 밤낮 이러구야 무엇하러 산담……."

"일꾼도 노나?"

이것은 성순이의 대답이었다.

농민의 각성

남산의 눈은 나날이 녹았으며 흰눈으로 덮혔던 만산에는 뿌연 아지랑이가 흔들거리기 시작했다.

눈 녹은 물은 사이로 졸졸 흘렀으며 양지쪽에는 산새들이 활기있게 날아 다녔다.

이른 봄이 다시 와서 논밭을 돌보러 들로 나가는 사람이 점점 많아졌다.

"금년에 농사두 다 지었다. 토지가 있어야지……."

"왜?"

동네 사람들이 모여서 하는 말이다.

"김참봉이 거덜이 났다네."

"내 그럴 줄 알았어. 금광은 무슨 놈의 금광을 하다가 패가를 한 담……."

김참봉의 땅으로 살아가는 소작인은 누구나 속이 끓어올라 창자가 마르는 듯 했다.

전에는 김참봉이 비료 삼분의 일을 내주고 반씩 나누던 것을 금년부터는 비료를 반분씩 내고 곡식을 삼분으로 하겠다는 것이었다.

비료 준비까지 하려고 했던 농민들은 밤잠을 못자며 생각했다.

아무래도 삼분의 일을 먹어가지고는 농사를 지을 수가 없었다. 그러나 그렇지 않으면 소작권을 빼앗겠다는 데는 어떻게도 할 수가 없었다.

봄철이 됐는데 이제 어디로 갈 수도 없고 또 다른 땅을 부치려해도 부근의 땅은 전부가 참봉네 땅뿐이니 어떻게 할 것인가? 그렇다고 앉아서 굶어 죽을 수도 없는 딱한 사정에 이르렀다.

"그저 금광만 안했어두 이렇게 안되었을 걸……."

"그놈의 산에서는 왜 금이 나지 않았노?"

그들은 이런 말 밖에 할 줄을 몰랐다.

그들의 마음이야 김참봉을 데려다가 두들겨래도 주고 싶었을 것이나 누가 나서서 말 한 마디 하는 이가 없었다.

이런 때에는 누구 말 잘하는 이가 있어서 김참봉과 타협이라도 해보았으면 했으나 그런 이도 없었다.

금광으로 돈을 많이 버렸다 할지라도 그다지 크게 상관될 것이 없을 것이며 아직도 첩의 집에만 왔다갔다하는 참봉이 소작료나 더 올린다고 해서 살찔 것이 아닐 것 같으나 갑자기 패가나 한 것처럼 말하는 그가 얄밉기 짝이 없다.

그렇다고 누가 가서 말 한 마디를 하는 사람이 없는 것이 그들의 가슴을 더욱 답답하게 하였다.

누가 가서 그런 말을 하면 자기가 먼저 땅을 뺏길 것 같아 참봉을 만나도 인사도 똑똑히 못하고 피해 다니는 그들이었다.

며칠이 지난 뒤의 일이다.

진억이 순환이 성순이가 모여 앉아서 서로 의논을 해서 밤중에 동네 사람들을 모으기로 했다. 그리고 서로 그날 밤에 이야기할 것을 준비했다.

"자! 참봉이 말한대로 소작료를 정한다면 누구나 살아가지 못할 것이 분명한 일이 아니야? 우리의 생명이라는 것이 몇 마지기 땅에 있는 것이니까 그들두 그것은 전부 알구있다. 그리구 아직 한 사람두 김참봉에게 대답한 이가 없지 않니? 그러니 우리는 단결만 하면 그만이다. 참봉도 이 부근 땅을 이 동네사람들이 부치지 않는다면 줄 데도 그다지 없다. 지금 신경이 예민한 그들을 건드리지 않게 말을 해야한다. 어디까지나 개인의 의사가 아니며 동네 사람 전체의 의사라는 것을 말하면 그인들 안들어 주겠니?"

진억이가 머리를 맞대고 있는 성순과 순환에게 말했다.

그들은 며칠 동안이나 거듭해가며 생각을 했다.

그 결과 진억이 순환이 성순이 그리고 얌전이 아버지는 동네 소작인들의 도장을 받아 진정서를 쓰기로 했다. 며칠 뒤 이십여 명의 농부가 김참봉네 집으로 갔다. 그런데 거기에는 타동네에서 온 농부들이 몇 명 김참봉을 기다리고 있었다.

"여기가 김참봉의 집이지요?"

그들은 꼭 같은 소작인들이었다.

"여기도 무슨 일이 일어났소?"

그들이 이동네 사람들에게 물었다.

"아마 당신네들과 꼭 같은 일일 것 같소!"

성순이가 그들의 묻는 말에 대답했다.

"그럼 같이 들어 갑시다." 하고 말했다.

"좋겠습니다." 타동네에서 온 사람들도 얼굴에 웃음을 띄웠다.

성순이가 눈 녹아내리는 산길을 걸어 재너머 최주사의 집을 찾아 간 것은 그 일이 있은지 삼사 일 지난 뒤였다.

그 집에 가는 길에 확실네 집에도 들렀다.

"어제 영순이에게서 편지가 왔는데 사돈님두 보시는 것이 좋을듯 해서 가지고 왔습니다."

그는 확실이의 아버지에게 그 편지를 읽어주었다.

형님!

오래간만에 붓을 들었습니다. 아주머님은 무슨 애기를 낳으셔서 기르는지요? 요사이는 봄이 되어서 농사 준비를 하시기에 퍽으나 분주하실 것입니다.

형님! 저는 아직 그 공장에서 일을 합니다. 웬일인지 공장에서 임금을 올려주어 지금은 살기가 조금 나아졌습니다. 그새 노동자들이 무슨 일을 한 것 같습니다.

그런데 한가지 알릴 것은 확실이의 일입니다. 얼마 전에 서로 만나서 지금은 한집에서 살고 있습니다. 그는 고무공장에서 일을 하는데 우연히 만나서 같이 살게되니 우리의 기쁨은 말할수가 없습니다. 이런 말을 누구에게나 하지 마십시오. 장인에게도 말씀하지 마십시오. 잔치도 아니하고 같이 있다면 큰일이 날 터이니까요. 그러나 전부터 약혼해 두었던 사이니까 괜찮겠지요? 또 태은이도 지금은 같은 공장에 있는데 전에 내가 자기 집의 일을 이야기했드니 눈물을 흘립디다.

형님! 이 세상은 정신을 차릴 수가 없습니다. 너무 바빠서 오늘은 이만합니다.

사제 상서

"그럼 우리 확실이가 영순이와 사누만……."
편지를 다 읽은 뒤에 그는 어찌할 줄을 몰라했다.
"아마 그런가 보외다……."

"그런 말이라두 들으니 고맙네! 그년이 어데서 죽지나 않았을까 그
것만이 걱정이었네……."

"나도 퍽 기쁜데요……."

그들은 옛날과 같이 사돈이 되었다.

작품 해설

　박영준의 작품세계는 일반적으로 초기, 중기, 말기의 세 시기로 나누어 볼 수 있다. 초기 작품은 「일년」(1934), 「모범경작생」(1934), 「어머니」(1934), 「아버지의 꿈」(1935), 「목화씨 뿌릴 때」(1935), 「창공」(1945) 등, 농촌을 배경으로 하는 작품들이 많다. 이 작품들은 박영준 자신이 농촌에서 자랐고 그 속에서 생활해 왔기 때문에 자연스럽게 농촌을 자신의 문학적 바탕으로 삼게 되었던 것으로, 가난한 농민들의 생활을 사실적으로 표현하고 있다. 특히 작품에 나타난 농촌의 생활이나 농민의 모습을 피상적이거나 연민의 시선으로 그리지 않고 농민의 실생활을 사실적이고 직접적인 관점에서 묘사하고 증언하고 있다.

　중기 작품으로는 「풍운」(1947), 「배신」(1948), 「생활의 파편」(1948), 「빨치산」(1951), 「그늘진 꽃밭」(1953), 「청춘병실」(1955), 「피의 능선」(1955) 등이 있다. 이 작품들은 1950년 6·25 전쟁이 일어난 후 종군 작가단으로 활동할 때의 체험을 소재로 하고 있는, 작가의 상상력이나 관념의 소산이 아니라 직접적인 체험에서 우러나온 것으로서, 소재적 차원에서의 변화된 모습을 보여주는 시기의 작품들이다.

말기 작품으로는 「의지의 불꽃」(1961), 「사랑의 거리」(1962), 「결혼 교실」(1964), 「종각」(1965), 「가족」(1968), 「고속도로」(1969) 등이 있다. 이 작품들은 도시인의 비윤리적이고 비인간적인 모습을 묘사하며 서구의 물질문명에 휩쓸려 자기 것을 상실한 도시인, 도덕의식이나 윤리의식을 망각한 병든 도시인의 생활을 그리고 있다.

이 책에서 다룬 「모범경작생」, 「일 년」, 「새우젓」 세 작품은 그의 정식 문단 데뷔 작품들일 뿐만 아니라 초기 문학 시대를 대표하는 작품들이라고 할 수 있다. 이 세 작품들이 지닌 소설적인 특징은 있는 자와 없는 자, 순박한 자와 간교한 자, 배운 자와 못 배운 자 등과 같은 등장인물의 이분법적인 구도로, 이를 통해서 1930년대 일본의 압제 정치 아래에서 신음하던 우리나라 농민들의 어렵고 힘든 생활이나 상황을 그대로 묘사하여 핍박받은 농민의 실상과 일제에 대한 저항을 사실적으로 그리고 있다.

「새우젓」은 가난살이에 찌든 행랑방의 '필운 어멈' 이 주인집 빨래를 하루 종일 해주고 온 사이에, 낳은 지 이태밖에 안된 아기가 죽었다는 이야기로 짧은 분량이지만 슬프고 아픈 이야기를 담고 있다. 필운 어멈은 주인아씨가 있어 혹 배고파 울기라도 하면 우유라도 먹여줄 것으로 생각했지만 주인아씨는 오히려 죽은 아기를 보고도 매장을 위해서 의사를 데려올 비용으로 몇 달치 월급을 미리 주겠다는 냉정함을 보인다. 이런 상황에서 자신의 점심 반찬인 새우젓을 나누어 먹어서 아기가 배부르게 잘 자고 있다는 필운의 이야기는, 있는 자의 개인적

이고 인정 없는 마음으로 인해서 없는 자의 고통이 한층 부각되고 있다는 것을 간결하게 그려낸다. 아무 것도 모르는 필운이가 "나 하나 먹고 애기 하나 먹으며 놀았어……. 배 불러서 잘 자지."라고 말하는 장면은 읽는 이로 하여금 아픔이 증폭되게 만든다.

「모범경작생」은 등장인물인 '길서'를 중심으로 이야기가 전개 된다. 길서는 마을에서 유일하게 보통 학교를 졸업한 젊은이로, '성두'의 여동생인 의숙과 사귀고 있다. 그는 마을에서 유일하게 보통 학교를 졸업한 이력으로 군청과 면사무소를 드나들며 면장, 면서기들과 안면을 익히고 마을 사람들을 가르치며 지도하기도 한다.

길서는 진흥회나 조기회 등과 같은 모임마다 회장이 되고, 관청에도 줄이 닿아 묘목을 팔아 돈도 버는 등, 동네에서 대부분의 농민들에게 영향력을 행사하는 인물이다. 하지만 길서가 어떠한 방법으로 영향력을 행사하는 인물이 되었는 지는 서울 농사강습회를 다녀온 보고를 하기 위해 면소에 들러 서기와 나누는 대화를 보면 잘 나타나 있다. 이 대화를 통해서 우리는 길서란 모범농민이 사실은 농민의 배반자이고 일본의 앞잡이이며, 자신의 이익만 생각하는 농촌의 수탈자임을 확인할 수가 있다. 결국 모범경작생은 일제가 인정하는 지위를 유지하기 위해 다른 농민들을 배신해야 하는 인물인 것이다. 겉으로 보면 길서는 모범경작생, 즉 모범농민이지만 실제로는 일제 총독부정책에 호응하여 스스로 그 앞잡이가 되어 농민들을 배신하고 자신의 이익과 안락만을 추구하는데 급급한 인물의 전형이다.

길서는 동네 농민들에게 지금이 최악의 불경기인데 면에서 시키는 대로 농사일을 열심히 하면 곧 호경기가 올 것이라고 말한다. 그러나 농사는 흉작이 되어, 농민들은 길서가 소작농을 대표해서 읍내에 사는 지주 서재당을 찾아가 도지(소작료)를 감해주도록 말해 달라고 부탁한다. 하지만 길서는 서재당은 자기와 관계가 없을 뿐 아니라 정해놓은 도지를 곡식이 안 되었다고 감해달라는 것은 흔히 일어나는 소작쟁의와 같은 공산주의자들이 하는 짓이라서 할 수 없다고 거절한다. 이 장면에서도 역시 자신의 이익을 위해서 농민을 배신하는 인물의 모습을 찾아볼 수 있다.

이 작품의 절정은 아무것도 모른다고 생각했던 소작농들이 드디어 길서의 이중적 처신을 알아차리고 그의 논에 세워 둔 〈김길서〉란 팻말을 뽑아서 망가트려 버린 후 읍내에 사는 지주 서재당의 집으로 도지 탕감을 위해 몰려가는 장면이다. 농민들의 이런 집단행동은 호세가 왜 올랐는지, 호경기의 회유가 어째서 나왔는지, 뽕나무 값이 왜 턱없이 올랐는지, 흉작인데도 왜 도지를 그대로 바쳐야 하는 지를 스스로 깨닫는 계기가 된다. 현실의 여러 가지 어려운 상황을 피해서 북간도나 만주로 살 길을 찾아 떠나려는 것이 아니라, 그들을 배신한 적대자들과 맞서겠다는 분노가 단결된 행동으로 나타나는 것으로, 농민들의 한층 성숙한 의식을 엿볼 수 있는 부분이다.

「일 년」은 당시의 농민들의 일 년 생활을 적나라하게 파헤친 작품으로, 주로 일제의 세금과 부역, 그리고 국내지주의 소작료 등의 착취와

핍박에 초점을 맞추고 있기 때문에 많은 부분을 일제의 검열로 삭제 당했다. 일곱 번째 항목에 해당하는 〈호세〉편은 완전 삭제되고, 그 밖에도 일제의 검열로 인해 삭제된 부분이 많다보니 내용의 연결이 매끄럽지 못하지만, 전체적인 맥락을 이해하는 데에는 별다른 어려움이 없다.

주인공인 '성순'은 지극히 순박한 소작농으로, 늙은 아버지와 아내를 책임지고 있는 가장이다. 이 집안의 세 식구, 곧 김노인, 성순, 성순의 처(진심)는 가난을 벗어나기 위해 필사적인 노력을 한다.

그런데 이들이 이렇게 먹고 살기가 힘든 까닭은 단순히 땅이 없다는 이유만으로 설명하기는 어렵다. 바로 각종 세금과 지주의 착취 등 외부적 원인에서 찾아볼 수가 있는데, '얌전이네'나 '영순' 그리고 '태은'이를 보면 쉽게 이해할 수 있다.

얌전이네는 삼 년 전까지만 해도 비교적 넉넉한 살림살이였지만 금융조합의 세금관계로 인해 집을 빼앗기고 땅도 빼앗기는 바람에 소작농이 되고 말았다. 얌전이네가 세금문제에 휘말리게 된 것은 일본이 토지조사를 실시해서 농민들의 땅을 착취하였기 때문으로 실제로 당시에 이렇게 토지를 잃고 소작농으로 전락하거나 이농하는 농민들은 매우 많았다. 성순의 동생 영순은 자기 집이 너무 가난하고 농사를 지어봐야 별 소용이 없다는 판단 아래 일찍이 평양으로 떠났지만 그곳에서 조선 사람이 경영하는 상점에서 혹사만 당한 채 임금을 주인에게 착취당한다. 태은이의 경우는 고리대금업자인 최주사에게 빌린 돈을 갚지 못하여 이농을 해서 겸이포 제련소의 직공이 되는데, 이처럼 영순이나 태은이라는 인물을 통해서 실제로 당시 농민들이 봄을 넘기지 못하고 고향을 떠나 만주나 산간지방으로 옮겨가는 일이 많았다는 것을 보여준다.

이제 봄을 힘겹게 넘긴 농민들은 모를 내면서 물 걱정, 비료값 걱정으로 또 한번 근심에 잠기고, 이렇게 걱정이 끊이질 않는 농민들은 어느덧 곡식이 무르익는 가을을 맞이한다. 가을걷이를 하는 농부들은 풍년이 든 좁쌀을 보고 벼맛질도 하면서 보람을 느끼지만 그것도 잠시뿐, 농사짓는 동안 진 빚으로 인해 모두가 '남의 쌀'이 되고 만다. 다시 말해서 봄에 빚을 내어다가 농사짓고 가을에 거두어서는 빚 대신 주는 악순환이 되풀이 되고 있는 것이다. 한 해 농사를 지어서 하루를 감당하지 못하는 그들의 어렵고 험난한 삶을 엿볼 수 있다.

설상가상으로, 김참봉이 이전까지 비료 삼분의 일을 내주고 반씩 나누던 것을 금년부터는 비료를 반분씩 내고 곡식을 삼분으로 하겠다고 하자, 이에 농민들은 더욱 절망에 빠진다. 하지만 궁지에 몰린 농민들은 소작인의 단결을 통해 살길을 모색해 보고자, 동네 소작인들의 도장을 받아 진정서를 써서 다른 동네에서 온 농부들과 함께 김참봉 집으로 간다. 이것은 무지한 농민들이지만 자신들이 처한 상황에 대해 새로운 인식을 하는 모습을 보여주는 것으로, 소작쟁의가 자주 일어나던 당시의 사회상에 대한 희망을 암시하고 있다.

이상에서 살펴본 것처럼, 박영준은 그의 작품 속에서 당시대가 지녔던 절대적인 궁핍 혹은 가난의 문제를 현실 인식에 기반을 두고 있음을 알 수 있다. 사실적인 삶의 현장 속에서 궁핍 혹은 가난이라는 문제를 다루고 있다는 것으로, 1930년대에 발표된 여러 농촌 소설과 비교해 본다면, 착취당하는 농촌, 가난에 시달리는 농민의 실체를 사실적이고 명확하게 드러냄으로서 문학사적 의의를 가진 작품이라고 할 수 있다. 궁핍 혹은 가난은 모든 사람들이 두려워하는 삶의 현상이지만, 그것을 극복하기 위해서는 인간적인 굳은 연대감과 아픔을 서로 나눌 수 있는 깊은 애정을 가져야 한다는 것을 박영준은 그의 작품 속에서 염원하고 있다.

∿생각하는 갈대

• 「모범경작생」에서 길서의 논 앞에 있던 팻말이 쪼개져서 흐트러진 이유는 무엇일까요?
• 「모범경작생」에서 주민들은 왜 길서에게 지주를 찾아가 줄 것을 부탁했을까요?
• 「일 년」에서 소작농들이 가난하게 살 수밖에 없는 외부적 요인은 무엇일까요?
• 「일 년」에서 영순과 태은이 고향을 떠난 이유는 무엇일까요?

작가 연보

1911년(1세) 음력 3월 2일 평남 강서구 함종면 발본리에서 출생.

1919년(9세) 서당에서 1년간 한학을 수학.

1920년(10세) 함종 공립 보통학교 입학.

1924년(14세) 함종 공립 보통학교 졸업, 평양 숭실 중학교 입학.

1926년(16세) 평양 광성 고등 보통학교 3학년으로 편입.

1927년(17세) 교우지에 「M에게」라는 시를 발표하며 문학활동 시작.

1928년(18세) 평양 광성 고등 보통학교 졸업, 연희전문학교 입학.

1931년(21세) 건강문제로 휴학, 고향에서 1년간 교편을 잡음.

1934년(24세) 연희전문학교 문과 졸업. 장편 「일 년」이 《신동아》 현
상소설 모집에 당선. 단편 「모범경작생」이 《조선일
보》 신춘문예에, 꽁트 「새우젓」이 《신동아》에 거의 동
시에 당선되어 화제를 일으키며 문단에 등장.

1935년(25세) 〈독서회〉 사건으로 5개월간 구류당함.

1936년(26세) 11월 장남 승렬 출생.

1938년(28세) 만주 길림성으로 이주, 교사생활을 시작함.

1942년(32세) 10월 차남 승언 출생.

1945년(35세) 해방이 되자 만주에서 귀국. 단편집 『목화씨 뿌릴 때』
간행.

1946년(36세) 경향신문사 문화부장 취임.

1947년(37세) 1월 모친 별세. 6월 장녀 경림 출생.

1951년(41세) 육군본부 문관으로 복무. 종군작가단 사무국장으로
취임. 두 번째 단편집『풍설』간행.

1953년(43세) 세 번째 단편집『그늘진 꽃밭』간행.

1954년(44세) 『그늘진 꽃밭』으로 제1회 아세아 자유문학상 수상.
장편『애정의 계곡』간행.

1955년(45세) 화랑무공은성 훈장 수상. 장편『열풍』간행.

1956년(46세) 중편집『푸른 치마』간행.

1958년(48세) 예술원 회원으로 선출.

1560년(50세) 네 번째 단편집『방관자』간행.

1962년(52세) 연세대학교 문과대학 교수로 취임.

1964년(54세) 다섯 번째 단편집『고호』, 장편『오늘의 신화』간행.

1965년(55세) 제14회 예술원상 문학 부문 수상.

1967년(57세) 서울시 문화상 문학 부문 수상.

1968년(58세) 여섯 번째 단편집『추정』간행.

1971년(61세) 일곱 번째 단편집『슬픈 행복』간행.

1974년(64세) 『일 년』을 출간, 10월 대한민국 은관 문화훈장 수상.
장편소설『지향』간행.

1975년(65세) 연세대학교 문과대학장 취임. 10월 대한민국 문화예
술상(문화 공보부), 은관문화훈장 수상.

1976년(66세) 7월 14일 지병인 당뇨병으로 별세. 경기도 고양군 신
도면 '운경공원묘원'에 묻힘.